COLEÇÃO
PENSADORES & EDUCAÇÃO

Rousseau & a Educação

Danilo R. Streck

Rousseau & a Educação

2ª edição

autêntica

COPYRIGHT © 2004 BY DANILO R. STRECK

COORDENADOR DA COLEÇÃO
Alfredo Veiga-Neto

REVISÃO
Rosemara Dias dos Santos

EDITORAÇÃO ELETRÔNICA
Waldênia Alvarenga Santos Ataíde

Todos os direitos reservados pela Autêntica Editora.
Nenhuma parte desta publicação poderá ser reproduzida,
seja por meios mecânicos, eletrônicos, seja via cópia
xerográfica, sem a autorização prévia da editora.

BELO HORIZONTE
Rua Aimorés, 981, 8° andar . Funcionários
30140-071 . Belo Horizonte . MG
Tel: (55 31) 3222 68 19
TELEVENDAS: 0800 283 13 22
www.autenticaeditora.com.br
e-mail: autentica@autenticaeditora.com.br

Streck, Danilo R.
S914r   Rousseau & a educação / Danilo R. Streck . – 2. ed. –
Belo Horizonte : Autêntica , 2008.
96 p. — (Pensadores & a Educação, v. 5)
ISBN 978-85-7526-143-9
1.Filosofia. 2.Educação. I.Rousseau, Jean-Jacques.
II.Título. III.Série.

CDU 1
37

Que eu saiba, nenhum filósofo até agora foi
suficientemente ousado para dizer: eis o termo
aonde o homem pode chegar e que não seria capaz
de ultrapassar. Ignoramos o que nossa natureza
nos permite ser; nenhum de nós mediu a distância
que pode haver entre um homem e outro homem.

(ROUSSEAU, J.-J., *Emílio*, p. 45)

Sumário

Introdução	*9*
O mundo de Rousseau	*11*
O tecido social	*12*
O poder e os poderosos	*16*
O(s) sentido(s) da educação	*21*
A educabilidade: entre desejar e poder	*21*
A autonomia – ou o projeto de emancipação humana	*24*
As três educações – ou os mestres de Rousseau	*29*
A educação do Emílio	*31*
A primeira educação – uma gramática da infância (0 – 2 anos)	*32*
Uma razão sensitiva (2 – 12 anos)	*35*
Uma educação útil (12 – 15 anos)	*37*
O conhecimento do homem (15 – 20 anos)	*41*
Emílio: homem e cidadão?	*45*
E Sofia? A educação da mulher	*47*
A mulher nasce do desejo	*47*
Pensar sim, mas nos limites	*49*

A mãe republicana	*51*
Entre o amor e o contrato	*52*
Modelo de educadora	*55*
Post Scriptum sobre os solitários	*55*

Natureza, cultura e educação *57*
O mito do homem natural *57*
Natureza, culturas e gênero *60*
Como estudar a sociedade *62*
Conhecer a natureza – um gesto amoroso *65*

Saberes da teoria pedagógica *69*
Razão e paixão na arte de educar *70*
Um projeto de formação humana *72*
A paidéia moderna *76*

Rousseau e a educação latino-americana *79*
Rousseau e o espírito de emancipação
na América Latina *79*
Onde está Rousseau hoje? *83*

Cronologia de Rousseau *89*

Sites de interesse *91*

Referências *93*

O autor *95*

INTRODUÇÃO

Rousseau é uma dessas figuras diante das quais não se consegue manter a neutralidade nem a passividade. Com a mesma força com que alguns se sentem atraídos pela sua obra e maneira de viver, outros sentem imediata rejeição. Para uns, sua obra constitui um dos mais importantes tesouros da pedagogia moderna, enquanto que outros vêem nele pouco mais do que a fonte de uma herança maldita a ser esquecida.

Acho que não é necessário cair na trampa tão comum de demonizar ou endeusar nossos antepassados. Acredito ser possível um posicionamento que veja além do homem que abandonou seus filhos na roda de enjeitados ou do pedagogo que inventou a infância. Em qualquer um desses homens ou dessas mulheres que se tornaram grandes, é enganoso perguntar de maneira moralista ou saudosa se eles são atuais no todo ou em algum aspecto de suas obras. É muito mais pertinente verificar a maneira como eles foram atuais em seu tempo e de que forma eles nos ajudam a sermos atuais hoje. É com essa preocupação de fundo que me aproximo de Rousseau, e é este exercício que desejo compartilhar com o leitor e a leitora. Não vamos nem à procura de um herói nem à caça das bruxas.

O tempo de Rousseau é o grande período da Enciclopédia e do Iluminismo, tão próximo e tão distante de tudo que fomos e somos. Começamos com uma tentativa de situar Rousseau nessa sua época, procurando enxergar o seu mundo pelos seus próprios olhos. Exploramos, a seguir, alguns meandros de sua pedagogia e do próprio fazer pedagógico para terminar com notas sobre a sua recepção na história e na educação latino-americana. Esse é o plano de vôo, muito pretencioso em sua simplicidade.

Longos caminhos precisam ser percorridos para que um autor se torne um clássico. Um deles é o reconhecimento tácito ou explícito de que ele disse o que todos queriam dizer, mas não tinham as palavras certas para isso; às vezes, não o tom certo. Essa transparência pode também ser enganosa porque, de repente, todos começam a espelhar nesta obra as suas próprias idéias. Rousseau não está isento disso, e já aprendemos a lidar com o caráter subjetivo de cada leitura. O leitor e a leitora, portanto, não devem esperar algo do tipo "o verdadeiro Rousseau". Ele mesmo foi verdadeiro apenas com seus paradoxos e suas contradições.

Pensei, ao fazer o livro, que, se conseguisse despertar o leitor e a leitora para a importância de ir à fonte, teria cumprido boa parte de minha tarefa. A leitura dos clássicos tem o dom especial de nos colocar em sintonia com questões que fazem com que nos vejamos parte de um universo que extrapola a nossa experiência e, com isso, a ressignifica e redimensiona. Rousseau nos faz ver a cada momento como as grandes perguntas, sempre diferentes, são também as mesmas.

Esse apreço pela obra de Rousseau é um dos motivos por não economizar citações do próprio autor. Ao escrever, vinham à mente suas frases que sempre pareciam dizer melhor o que eu poderia dizer com as minhas. Elas tinham mais vigor, eram certeiras em suas críticas e precisas nas recomendações. Muitas vezes me vi saindo à cata de uma delas que tinha lido em algum lugar e agora precisava localizar. Espero que sirvam de aperitivos para o banquete, que é a própria obra.

Imaginei, por vezes, qual o juízo Rousseau faria de meu trabalho. Não gostaria que ele me julgasse com as palavras duras que dirigia aos filósofos e aos cientistas de seu tempo, nada mais que parasitas da sociedade. Apreciaria muito se ele me visse como o aprendiz que, junto com outros aprendizes e mestres, procura entender como se forma este "prodígio" que é o homem e o cidadão.

O mundo de Rousseau

Em meio às luzes, um caminhante solitário. Na tentativa de encontrar uma âncora que me ajudasse a situar Jean-Jacques Rousseau em seu mundo, foi essa a imagem que me ocorreu. Não há nessa frase nada de enigmático. Rousseau viveu num período que passou a ser conhecido como Iluminismo e que tem na Revolução Francesa de 1789 o seu marco político maior. Ao mesmo tempo, é difícil encontrar alguém que pense tanto com a emoção e que viva tão intensamente os sentimentos. Neste capítulo, pretendo reconstruir um pouco do mundo de Rousseau a partir dele mesmo. Não se trata, portanto, de buscar uma descrição dos acontecimentos e de recontar a história que se encontra nos livros, como ela – supostamente – de fato foi, mas de tomar a sua própria narrativa como referência para compreender o seu tempo e o seu mundo.

Rousseau pressentiu que as mudanças acabariam desaguando numa revolução, embora sua morte, em 1778, não lhe tivesse permitido presenciar esse acontecimento. Mais do que isso, ele sentiu essas mudanças na pele, seja através das disputas no campo das idéias ou no tipo de vida que foi obrigado a levar, migrando de lugar a lugar e acabando desiludido com os amigos e a sociedade. "Eis-me, portanto, sozinho na terra, tendo apenas a mim mesmo como irmão, próximo, amigo, companhia." Essas palavras de abertura de *Os devaneios de um caminhante solitário*, escrito em 1776, indicam o seu estado de espírito ao final de seus dias. Sua desilusão com o mundo à sua volta, no entanto, não ofuscava a sua fé na bondade da pessoa. Sua solidão não é o desespero de alguém que chega ao termo de seus dias abatido pelas frustrações e renega o que pensou e escreveu, mas se torna o espaço de encontro com a verdade, acima de qualquer tipo de convenção. O lugar, quem sabe, do mais difícil dos encontros: consigo mesmo.[1]

Esse homem paradoxal nasceu em Genebra, em 1712, filho de um relojoeiro e da filha de pastor protestante. Alimentou por aquela cidade, que mais tarde também o rejeitaria, uma admiração muito especial devido ao tipo de democracia ali praticado desde a Reforma Calvinista. Conforme sua experiência, "embora fraca seja a influência que minha opinião possa ter nos negócios públicos, o direito de neles votar basta para impor o dever de instruir-me a seu respeito".[2] Ainda jovem, foi enviado a Turim, na Itália, com o intuito de ser convertido ao catolicismo. Trabalhou um tempo em Veneza, exilou-se na Inglaterra, onde foi recebido por David Hume, e terminou seus dias na França.

Sua sensibilidade crítica, aliada ao seu dom observador – da natureza, das pessoas e das instituições sociais –, faz com que possamos ver nele uma espécie de antena para captar o clima da época. Essa capacidade é parte de sua sede pela vida, mas também expressão da crença iluminista no poder de uma razão bem posicionada e treinada. Procuramos, a seguir, conhecer algo do mundo de Rousseau, seguindo alguns de seus passos, de suas críticas e de seus devaneios.

O tecido social

Rousseau viveu numa época em que muitas crenças e instituições hoje assumidas como "naturais" foram formadas

---

[1] Essa constante busca de transparência na vida de Rousseau é descrita na abrangente análise de Jean STAROBINSKI, J. *Jean-Jacques Rousseau: a transparência e o obstáculo.*

[2] ROUSSEAU, J.-J. *Do contrato social,* p. 21.

ou consolidadas, desde a família, passando pela educação, até a organização do Estado. De modo geral, ele denuncia uma sociedade que legitima as desigualdades e onde a vida em comum é regida por convenções e formalismos.

O seu romance *Júlia ou a nova Heloísa* possivelmente teve um sucesso tão retumbante por dar expressão ao que muitos de seus contemporâneos sentiam. Através das cartas – todo o livro é formado por cartas escritas pelos protagonistas –, conhece-se o mundo da época, mas, acima de tudo, o eu interior. São longas cartas em que há amplo espaço para descrever os sentimentos e perscrutar os caminhos da alma e da natureza, de certa forma fundidas. É o início do Romantismo, que entre nós encontrou expressão em escritores e poetas como José de Alencar e Gonçalves Dias.

O título do romance remete à conhecida história de Abelardo (1079-1142) e Heloísa, na qual uma igreja autoritária se interpõe entre o amor de dois jovens, pagando ambos um elevado preço pela sua paixão. Abelardo foi castrado, e Heloísa viveu o resto de seus dias num convento. Da mesma forma, o desfecho da paixão de Júlia pelo jovem professor não é um *happy end*. A nova Heloísa também não é uma precursora do movimento feminista. O que a distingue da Heloísa de Abelardo é o fato de a autoridade da igreja ter sido substituída por uma racionalidade fundada na consciência. As relações, também a do casamento, são constituídas a partir de um contrato que corresponde a uma entrega voluntária da vontade de cada homem e mulher. Adiante veremos mais sobre esse contrato. Por enquanto, importa destacar a laicização das relações em todos os âmbitos da vida.

A família da Júlia do romance tem pouco a ver com a família que Jean-Jacques teve quando criança e jovem ou com aquela que ele veio a constituir quando adulto. Júlia controla os sentimentos de uma paixão proibida e casa com Wolmar, amigo do pai, um homem sábio, ponderado e maduro. Os dois formam o que passou a ser a família burguesa ideal: homem e mulher são unidos por laços de fidelidade, em que a paixão dá lugar a um amor moderado pela razão, os filhos são obedientes e vivem com os pais, o lar tranqüilo conta com a devida e conhecida distribuição de tarefas: a mulher como boa mãe e zeladora do lar e o homem como provedor.

Essas relações contrastam com a realidade que encontramos em *Confissões*. A mãe de Jean-Jacques morreu pouco depois de seu nascimento, e ele passou os primeiros anos de vida com o pai, do qual sempre fala com muito carinho e com quem aprendeu o gosto pela leitura. Ele conta que sua mãe tinha deixado romances que ele e seu pai passam a ler avidamente, não parando antes de ter terminado o livro, mesmo que isso significasse ir para a cama quando as andorinhas já anunciavam a madrugada. Acabados os romances, os dois passam a "devorar" a biblioteca do avô pastor, onde havia livros de história e clássicos como *Ovídeo* e *Plutarco*. O pai teve uma contenda com um capitão francês e, sentindo-se injustiçado pela ordem de prisão, decidiu abandonar a cidade. Jean-Jacques ficou com o tio, que então o colocou numa casa de um ministro da igreja em Bossey, nas proximidades de Genebra, "para aprender, com o latim, aquele conjunto de coisas confusas, que o acompanham, sob o nome de educação"[3].

O menino passa por várias casas, foge e acaba encontrando um porto seguro na casa da senhora de Warens, que ele chama de mãe e pela qual nutre uma grande paixão. Durante muito tempo, essa senhora será a sua referência, o lugar para onde acorre nos momentos de dificuldade. Por fim, encontra Thérèse Levasseur, sua mulher, governanta e mãe de seus cinco filhos. Acaba casando-se com ela em 1768, depois de viverem juntos por mais de duas décadas.

Nesses fragmentos de sua vida vemos uma sociedade em processo de franca reorganização. A nobreza se sustenta apenas pela formalidade e pela exploração dos súditos. O clero parece perdido entre velhas e novas alianças. Amor e união conjugal estão separados, e o papel de amante,

---

[3] ROUSSEAU, J.-J. *As confissões*, p. 23.

homem e mulher, é apenas a outra face das relações estéreis e mantidas pela conveniência social.

Sobretudo, na visão de Rousseau, a educação das crianças não tem um lugar adequado. "Não posso encarar como instituição pública esses ridículos estabelecimentos chamados colégios."[4] Ele até reconhece o esforço isolado e a boa intenção de professores, mas não vê como seu ensino pode produzir bons resultados a partir do estabelecido. Sua crítica está voltada a uma educação "inútil" concentrada nas mãos do poder eclesiástico. Basta lembrar que, no contexto dessas críticas, em 1773, foi suprimida a Ordem dos Jesuítas.

Os desafetos de Rousseau não se esquecem de destacar o episódio do abandono de seus cinco filhos na roda dos enjeitados. Como alguém que comete tal "crueldade" pode atrever-se a falar de educação? Não cabe, a meu ver, uma atitude moralista, geralmente associada ao intuito de desqualificar a sua obra. Se isso era comum na época, tanto para aqueles que não tinham condições de criar os seus filhos quanto para aqueles que por uma ou outra razão não os desejavam, Rousseau não vê nessa prática uma boa solução. Suas racionalizações a partir de uma educação pública nos moldes da República de Platão ou dos argumentos pragmáticos de que, na impossibilidade de ele assumir a sua educação, seria muito pior se pessoas da família de Thérèse a assumissem não escondem o seu desconforto com a decisão tomada[5], embora, em Os devaneios, ele confirma que foi a melhor saída e que, nas mesmas circunstâncias, voltaria a fazer o mesmo.

---

[4] ROUSSEAU, J.-J.*Emílio*, p. 13.

[5] Era a parteira que depositava as crianças na roda. No primeiro caso, foi colocada junto uma carta com as iniciais, depois nem isso. "No ano seguinte, mesmo inconveniente e mesmo expediente, sendo esquecidas as iniciais. Mais nenhuma reflexão de minha parte, nenhuma aprovação da parte da mãe da criança: ela obedecia chorando. Verão sucessivamente todas as vicissitudes que este procedimento fatal produziu em minha maneira de pensar, bem como em meu destino." (*Confissões*: 368)

Fá-lo-ia ainda com bem menos dúvidas também, se tivesse de fazê-lo, e sei bem que nenhum pai é mais terno do que eu teria sido para com eles, contanto que o hábito tivesse ajudado um pouco a natureza.[6]

Mais uma vez a voz do coração e da razão em conflito, e que, no caso, deve ser resolvido a favor da razão.

O poder e os poderosos

A vida de Rousseau é marcada pela busca da liberdade. Ele resistiu aos apelos da fama e fortuna pessoal, que várias vezes estiveram ao seu alcance. Ele também resistiu à sedução do poder. Pagou caro por uma e por outra. A sua relação com a igreja e com os governantes mostra mais uma faceta de seu mundo.

Rousseau experimentou as duas grandes vertentes do Cristianismo cujos conflitos e tensões marcam toda a história moderna: o Protestantismo e o Catolicismo romano. A Reforma Protestante no século XVI é parte da constituição da modernidade, e vamos encontrar em Rousseau alguns temas que fazem parte da agenda dos reformadores, como o apelo à consciência em contraposição à autoridade externa e a responsabilidade individual pelo seu próprio destino já aqui na Terra. Suas críticas, no entanto, fazem com que, tanto de um quanto de outro lado, ele seja renegado e suas obras proibidas.

A parte do *Emílio* que mais fortemente afetou os nervos expostos do poder é a crítica religiosa contida no discurso do vigário savoiano. Trata-se, é certo, do poder eclesiástico, mas este, como sabemos, sustentava fortemente os poderes políticos estabelecidos desde a naturalização da estrutura injusta da sociedade às garantias do direito divino dos reis. Podem ser identificadas, nessa crítica, três perspectivas.

Um delas diz respeito à visão que Rousseau tem de Deus e da religião. A religião como instituição, respectivamente, a visão de Deus é para ele uma expressão da cultura.

---

[6] ROUSSEAU, J.-J. *Devaneios do caminhante solitário*, p. 118.

Encaro todas as religiões particulares como instituições salutares que prescrevem em cada lugar uma maneira uniforme de honrar Deus por um culto público, e que podem todas elas ter suas razões no clima, no governo, no gênio do povo, ou em alguma outra causa local que torna uma preferível à outra, conforme os tempos e lugares.[7]

A religião essencial, para Rousseau, é aquela que, sendo culto do coração, serve a Deus de modo a fomentar virtudes espelhadas no homem natural, o estado em que os desejos de cada um correspondiam às necessidades de todos.

A segunda perspectiva diz respeito à autoridade da igreja. Rousseau retoma o argumento da reforma que elimina a autoridade da tradição para julgar a verdade. Mas ele vai mais longe. Para a reforma, a verdade estava revelada na Bíblia. Bastava aplicar-se ao seu estudo e abrir-se ao seu conteúdo. Uma decorrência disso foi que, nos países da Reforma Protestante, o ensino da leitura passou a ser uma exigência tanto para salvação da alma como para a boa administração da sociedade. Outra decorrência foi o desenvolvimento das disciplinas hermenêuticas, essenciais para se chegar às verdades do texto.

Rousseau duvida também desse critério. "Qual! Sempre testemunho humanos! Sempre homens que me relatam o que outros homens relataram! Quantos homens entre mim e Deus!"[8] Há, para ele, na própria natureza humana, tanto o ímpeto para a busca da verdade como os critérios para se chegar a ela. Isso é tarefa da razão e da consciência.

Nada concedamos ao direito de nascimento e à autoridade dos padres e dos pastores, mas chamamos ao exame da consciência e da razão tudo o que eles nos ensinaram desde a infância. Não adianta me gritarem: Submete a tua razão. O mesmo pode dizer-me aquele que me engana; preciso de razões para submeter a minha razão.[9]

---

[7] ROUSSEAU, J.-J. *Emílio*, p. 421.

[8] ROUSSEAU, J.-J. *Emílio*, p. 404.

[9] ROUSSEAU, J.-J. *Emílio*, p. 403.

O Deus da luz não nos teria dado a inteligência para logo em seguida proibir o seu uso, como querem as autoridades eclesiásticas.

A terceira perspectiva da crítica tem a ver com o ensino de religião. Rousseau é mordaz: nada mais patético do que alguém ensinar religião através do catecismo, uma vez que a criança vai apenas repetir frases e dogmas que nada têm a ver com sua vida e com as suas perguntas. O verdadeiro ensino deveria partir das perguntas das crianças e dos jovens, a partir de onde eles se encontram. A razão não sendo a mesma para crianças e adultos, é importante que educadores saibam, antes de tudo, captar a linguagem que traduz essas perguntas. Ao não admitir as dúvidas, a igreja faz duas coisas, igualmente perniciosas: ela vem ao encontro da dificuldade humana de viver com dúvidas e de buscar certezas, mas, com isso, ela também não permite à pessoa o desenvolvimento de suas faculdades e assim a impede de alcançar um maior grau de liberdade e autonomia.

Em relação ao poder político, a questão que Rousseau coloca atinge o âmago da própria possibilidade de constituir e ser reconhecido como governo: "Quero indagar se pode existir, na ordem civil, alguma regra de administração legítima e segura, tomando os homens como são e as leis como podem ser."[10] Ou seja, trata-se de nada menos do que a pergunta pela legitimidade do poder e pela possibilidade de criar algo novo, diferente. Tomar os homens como eles são implica reconhecer as dificuldades geradas e sedimentadas ao longo da história. Não se podem apagar as marcas do tempo na vida coletiva nem por um ato de vontade nem por decreto. No entanto, essa realidade como é também não pode ser critério para se pensar o futuro. É preciso encontrar um ponto de apoio que dê segurança para sair do ciclo da necessidade ou da fatalidade do presente. À semelhança do "eu penso" que Descartes encontrou como fundamento para

---

[10] ROUSSEAU, J.-J. *Do contrato social*, p. 21.

a existência, Rousseau encontrou-o na natureza, fonte e inspiração para uma vida e uma sociedade diferente.

Em meio à imensa fermentação social, cultural e política, Rousseau advertiu, profeticamente, que a atual ordem estava sujeita a revoluções inevitáveis e que na nova ordem ninguém podia antever o papel e o lugar que caberia aos seus filhos. "O grande torna-se pequeno, o rico torna-se pobre, o monarca torna-se súdito [...] Aproximamo-nos do estado de crise e do século das revoluções."[11] Na nota de rodapé da página onde se lê essa citação, ele manifesta suas dúvidas sobre a duração das grandes monarquias européias. O próprio brilho que estariam irradiando já seria sinal de seu declínio. É o tempo, na França, de Luís XIV e Luís XV, de Versalles e do Louvre. Das óperas italianas.

Os intelectuais dessa época – Diderot, Voltaire, Rousseau, entre tantos outros – não são nem portadores da voz do clero nem da nobreza ou do rei. Eles começam a falar em nome de uma nova categoria social que surge naquele momento histórico: o povo. Esta também não foi e continua não sendo uma categoria unânime. Para muitos pensadores daquela época, o povo sinalizava a classe emergente, dos burgueses. Rousseau se distingue deles por privilegiar na sua compreensão o povo empobrecido. Na sua visão comunitária do contrato social, os direitos individuais não poderiam ser valorizados às custas da exploração de pessoas ou grupos.

O século de Rousseau é o século da Enciclopédia, uma espécie de culminância do sonho de classificar e sistematizar todos os saberes. Lembremos, na educação, do ambicioso programa de Comenius: ensinar tudo a todos de todas as formas. É o século da Revolução Industrial, que transforma tanto a estrutura social quanto o tipo e escala das ocupações. É o século da Revolução Francesa e da Declaração Francesa dos Direitos do Homem e do Cidadão. Mas é também o

---

[11] ROUSSEAU J-J. *Emílio*, p. 248.

século da esquecida Declaração dos Direitos da Mulher. Na educação, é o século em que a responsabilidade pela educação se desloca da igreja para o Estado e se instaura a base de uma plataforma que continua sendo reafirmada em documentos e fóruns: de uma educação para todos.

Para Rousseau, como veremos a seguir, não interessava qualquer educação. Criar escolas, colocar numa sala um professor e um punhado de crianças, ensinar a ler, escrever e fazer contas não é o suficiente para que se possa chamar algo de educação. No passo seguinte, vamos interrogar sobre o sentido ou os sentidos do processo educativo para Rousseau. Suas respostas não podem mais ser as nossas, mas quem sabe, nas suas perguntas, podemos encontrar indicações para formular as perguntas de nosso tempo.

O(s) SENTIDO(s) DA EDUCAÇÃO

Rousseau ocupa um lugar central na pedagogia moderna. Muitos dos acertos e dos erros, dos avanços e dos entraves da educação em nosso tempo confluem para ele. A narrativa de formação (o *Bildungsroman)* da Modernidade encontrou no *Emílio* uma de suas expressões mais acabadas, duradouras e – com certeza – controvertidas. Antes de olhar para alguns detalhes do processo educativo como descrito neste livro, vamos desenhar mais alguns contornos da tela de fundo, olhando para três temas: a educabilidade do ser humano, a autonomia ou a idéia de um projeto emancipatório e os mestres ou educações de Rousseau.

A educabilidade: entre desejar e poder

Num sentido amplo, educar faz parte da própria vida. Sempre se ensinou e sempre se aprendeu, e, esticando os conceitos, pode-se dizer que o aprender e o ensinar são parte da natureza de qualquer ser vivo. As aves aprendem a fazer os seus ninhos, os vegetais aprendem a se virar para o lado da luz; aprende, enfim, a vida porque ela quer ser – simplesmente – vida. Rousseau reconhecia que, se quiséssemos identificar uma característica humana por excelência, esta não poderia ser procurada no fato de que pensamos, porque, à sua maneira e em seu nível, também os animais pensam. O que distingue o ser humano é o fato de ele ter a possibilidade de ser um agente livre, e a meta da educação seria formar esse agente. Mas o que nos faz crer na própria possibilidade de educar alguém para qualquer coisa? É a pergunta pela educabilidade que se coloca para a pedagogia no momento em que nem o mundo nem homens e mulheres podem ser vistos como prontos. Melhor dizendo, é com essa pergunta que surge a pedagogia como a conhecemos hoje.

O ponto de partida para endereçar essa questão é a guinada antropológica na compreensão da educação, uma verdadeira revolução copernicana da qual Rousseau é um dos principais protagonistas. O ensinar e o aprender precisam, agora, ser explicados em termos acessíveis a uma cultura que não é mais definida a partir de dogmas e conceitos teológicos. Rousseau, de certa forma, fecha um processo que havia começado com a *Didática Magna* de Comenius e tem continuidade no ensaio *Alguns pensamentos sobre educação* de John Locke. Vejamos Locke:

> A felicidade ou miséria do homem é na maior parte feita por ele mesmo. Aquele, cuja mente não dirige sabiamente, nunca tomará o caminho certo; e aquele cujo corpo é louco e frágil nunca poderá avançar neste caminho.[12]

Aprender e ensinar passam a ser fenômenos não mais explicáveis pela ou a partir da vontade e intervenção divina. Eles acontecem na natureza, e devem-se identificar para os mesmos leis como se as procura para determinar o movimento dos astros e o fluxo do sangue no corpo humano. Os direitos do homem e da mulher não podem mais ser derivados de sua participação na natureza divina, mas é necessário encontrar neles próprios algum valor intrínseco que garanta a vida em sociedade. A idéia de dignidade humana, que subjaz à formulação dos direitos humanos modernos, substitui a idéia de honra. A segunda está vinculada a determinado tipo

---

[12] LOCKE, J. Some thoughts concerning education. In: *John Locke on education*, p. 19.

de convenção e institucionalidade, enquanto que a primeira tem sua razão de ser na própria natureza do indivíduo.

Essa compreensão da pessoa e da educação implica colocar a criança ou o educando como centro do processo de aprendizagem. Não se trata mais de organizar o conhecimento de forma a se adaptar melhor à mente da criança, como era a preocupação em Comenius ou Locke. Também não faz mais sentido estabelecer regras detalhadas como na *Ratio Studiorum* dos jesuítas. A própria criança é colocada como critério e como medida do aprender. Os conhecimentos acumulados e o educador estão aí em função de um ser em crescimento e não de um programa a ser vencido. As implicações dessa mudança ainda estão sendo assimiladas e continuam dividindo educadores. Conforme Jacques Gélis,

> devemos interpretar a afirmação do sentimento da infância no século XVIII – quer dizer, *nosso* sentimento da infância – como o sintoma de uma profunda convulsão das crenças e das estruturas de pensamento, como o indício de uma mutação sem precedente da atitude ocidental com relação à vida e ao corpo.[13]

A família nuclear substitui a linhagem; ampliam-se os direitos dos pais sobre os filhos, mas estes paradoxalmente delegam parte de suas responsabilidades ao educador profissional; têm-se filhos não como condição de assegurar a continuidade do ciclo, mas porque se almeja uma relação de amor mútuo.

Essa fé na capacidade humana implica uma nova postura diante do processo educativo. Para Rousseau, mais importante do que analisar e detalhar as "matérias" a serem ensinadas é observar e estudar as crianças. Vamos encontrá-lo estudando os tipos de choro, observando suas brincadeiras, sua linguagem ou os modos de raciocínio em diferentes fases de seu crescimento. Inicia-se com Rousseau o estudo

---

[13] GÉLIS, J. A individualização da criança. In: ARIÈS, P. *et. al.* (Orgs). *História da vida privada,* p. 328.

sistemático da infância como parte do estudo do homem, e várias correntes psicológicas e sociológicas modernas podem reclamá-lo como seu precursor.

As razões para se educar também não podem mais ser derivadas de um ponto externo. Sendo a criança o centro do processo, deve-se buscar nela mesma aquilo que a faz querer aprender. Rousseau fundamenta essa busca na desigualdade que existe entre os desejos e a capacidade humana de realizá-los, entre desejar e poder. Melhor dizendo, na fraqueza que se deriva dessa distância. Se houvesse uma total coincidência entre desejos e necessidades, como no caso do homem natural, não haveria razão para se pensar em educação.

A educação, por isso, é um processo aberto. Conhecemos o ponto de partida de cada um, mas não sabemos o ponto de chegada. Este depende dos talentos, das oportunidades, do zelo e de outros fatores que favorecem ou obstaculizam o desenvolvimento.

> Que eu saiba, nenhum filósofo até agora foi suficientemente ousado para dizer: eis o termo aonde o homem pode chegar e que não seria capaz de ultrapassar. Ignoramos o que nossa natureza nos permite ser; nenhum de nós mediu a distância que pode haver entre um homem e outro homem.[14]

Essa distância é o espaço em que se realiza a educação.

A autonomia – ou o projeto de emancipação humana

Para Rousseau, a autonomia é mais do que uma possibilidade. É obrigação: "Ninguém está isento do primeiro dever do homem, ninguém tem o direito de confiar no juízo de outrem."[15] Ao escrever essa frase, Rousseau está atacando a autoridade eclesiástica, mas poderia ser qualquer outro poder que tolhesse a pessoa de pensar por si mesma.

---

[14] ROUSSEAU, J.-J. *Emílio*, p. 45.
[15] ROUSSEAU, J.-J. *Emílio*, p. 417.

Autonomia também não se restringe ao pensamento. Na vida cotidiana, desde a satisfação das necessidades básicas à escolha da profissão, o critério deve ser a redução da dependência do outro. Abordo, a seguir, três idéias centrais na teoria de Rousseau e que contribuem para apreender a sua noção de autonomia.

Indivíduo: Rousseau retrata sua própria vida como a obra da construção de um indivíduo. Suas *Confissões* e *Os devaneios de um caminhante solitário* acompanham, como em *close*, fatos e experiências que vão talhando o homem. Compreender a si mesmo, para ele, é mais do que compartilhar a história de sua vida. Sua intenção é chegar mais perto do que seria a essência de cada indivíduo, fazendo de si mesmo o objeto de contemplação.

> O hábito de entrar em mim mesmo me fez perder enfim o sentimento e quase a lembrança de meus males; aprendi, assim, por minha própria experiência, que a fonte da verdadeira felicidade está em nós e que não depende dos homens tornar verdadeiramente infeliz aquele que sabe querer ser feliz.[16]

Há forças endógenas capazes de sarar as feridas do corpo e da alma.

O homem natural se caracterizava pela sua independência em relação aos outros. "Ele é tudo para si mesmo."[17] Por natureza, conforme Rousseau, o homem não é um ser social. A socialidade entra com a civilização e com a depravação do homem. A própria razão é uma faculdade do homem fraco, condenado a viver na sociedade onde nasce e morre entre grilhões. Nisso ele difere de Diderot e outros enciclopedistas, mais inspirados na concepção aristotélica de que o homem é um *animal político*.

Não é por acaso que *Robinson Crusoé* é a única leitura permitida para o Emílio. Relembrando a estória: Robinson

---

[16] ROUSSEAU, J.-J. *Os devaneios do caminhante solitário,* p. 32.
[17] ROUSSEAU, J.-J. *Emílio,* p. 11.

Crusoé é um náufrago europeu numa ilha do Caribe. Com o uso de suas faculdades e conhecimentos de homem branco, ele consegue criar condições de vida nessa ilha. Claro, ele conquista um dos primitivos habitantes da ilha – o Sexta-Feira – para ser seu dócil e serviçal companheiro. Nesse sentido, o livro retrata bem, além do individualismo, o eurocentrismo manifesto através das práticas e pensamentos de Crusoé.

O quase culto ao indivíduo fica expresso na escolha do educando. Rousseau não escreve sobre uma sala de aula nem sobre uma comunidade, como seu discípulo Pestalozzi depois faria em *Leonardo e Gertrudes*. Ele escolhe um menino, órfão de pai e mãe, sem história e sem lugar como o aluno-protagonista. Sinaliza com isso que sua preocupação é com a educação enquanto um processo que ocorre no indivíduo e com o indivíduo, mesmo que não lhe seja mais possível a vivência numa ilha. E, como Robinson Crusoé, ele talvez nem queria isso como condição de vida permanente.

Liberdade: "O homem nasce livre, e por toda a parte encontra-se a ferros. O que se crê senhor dos demais, não deixa de ser mais escravo do que eles."[18] Essa frase abre o primeiro livro do *Contrato Social*. Rousseau então pergunta sobre quando se originou essa mudança e diz ignorá-lo. Mas há uma outra questão que ele acredita estar em condições de resolver: a questão de legitimidade para garantir ou promover a liberdade. Como podemos nos organizar em sociedade de tal forma que ninguém precisa deixar de ser livre? Como ter instituições que garantem a todos não obedecer senão a si mesmos?

Rousseau parte do princípio de que não existe autoridade natural sobre os demais e que por isso qualquer tipo de governo é derivado de convenções. Ninguém pode dispor da liberdade de outro, nem mesmo nós podemos dispor livremente da nossa, uma vez que renunciar a ela seria

---

[18] ROUSSEAU, J.-J. *Do contrato social,* p. 22.
[19] ROUSSEAU, J.-J. *Emílio*, p. 650.

o mesmo que renunciar à condição de homem. Qualquer tipo de escravidão, por conseguinte, é ilegítima.

A saída que encontra é cada um entregar-se ao todo, com isso não se entregando efetivamente a ninguém. Na vontade geral estão reunidas todas as vontades individuais e, essa mesma vontade geral, por sua vez, garantirá a liberdade individual. Estão assim colocadas as bases para o contrato social moderno, o qual, nas últimas décadas, passou a ser denunciado como um contrato de homens, de homens brancos e de homens desraizados da natureza.

O contrato social está colado à educação. As duas obras, *Emílio* e *O contrato social*, são escritas no mesmo ano (1762), e toda educação do *Emílio* é conduzida para que ele possa, no fim, viver numa sociedade regida pelo contrato. No último capítulo do *Emílio*, há um resumo do contrato social, indicando o tipo de sociedade na qual Emílio e Sofia poderiam viver suas liberdades: "*Cada um de nós põe em comum seus bens, sua pessoa, sua vida e toda a sua potência, sob a suprema direção da vontade geral, e recebemos em bloco cada membro como parte indivisível do todo*"[19] (Grifo do autor).

Autonomia, por isso, não pode ser confundida, em Rousseau, com falta de responsabilidade pelo todo. A partir da vontade geral, forma-se um "corpo moral e coletivo" que dá origem ao Estado. Quanto aos membros, eles serão cidadãos e o seu conjunto formará o povo. Autonomia e cidadania andam juntas no pensamento de Rousseau.

Igualdade: Outro tema que conflui para a discussão da autonomia é a igualdade, ou seja, as condições objetivas para a realização da liberdade. Rousseau distingue dois tipos de desigualdade: uma natural ou física, que tem a ver com diferenças de idade, saúde, entre outras. Essa está fora do controle do homem, e no discurso atual é tratada como diferença. A igualdade com que ele está preocupado é a desigualdade moral ou política e deriva de privilégios sedimentados por convenções.

O *Discurso sobre a desigualdade* faz um percurso do homem natural, que vivia em igualdade, até o surgimento e consolidação das desigualdades, ainda hoje conhecidas. A idéia de propriedade é vista por ele como fator principal para a criação das desigualdades. O verdadeiro fundador da sociedade civil teria sido aquele que, cercando um pedaço de terra, disse que era dele e ainda encontrou pessoas que acreditassem. Muito sofrimento, diz Rousseau, teria sido evitado se alguém tivesse arrancado as estacas e gritado que a terra é de todos.

A conclusão do estudo de Rousseau é que, no estado de natureza, a desigualdade praticamente não existe e que ela se desenvolveu graças ao estabelecimento da propriedade e das leis. Estas passaram a garantir a propriedade e a legitimar as desigualdades.

A autonomia no sentido de Rousseau não pode dar origem nem legitimar a desigualdade, uma vez que o contrato social garante condições iguais a todos. Os direitos do indivíduo estão subsumidos no direito maior não por causa da exigência de uma lei, mas como garantia para os próprios direitos do indivíduo. A lei é o arcabouço institucional necessário, mas apenas a educação poderá garantir que a lei não acabe em novo formalismo.

Rousseau é, com certeza, um pensador utópico. A possibilidade da utopia é baseada no *potencial* humano de perfectibilidade que, por seu turno, deriva da capacidade de *auto-realização*. É essa capacidade que, "com o auxílio das circunstâncias, desenvolve sucessivamente todas as outras e se encontra, entre nós, tanto na espécie quanto no indivíduo".[20] E é a ela que, no fim das contas, devem ser atribuídos os sucessos e as desgraças da humanidade. Se as desgraças são maiores que os sucessos, é porque essa capacidade permanece sufocada.

---

[20] ROUSSEAU, J.-J. *Discurso sobre a origem e os fundamentos da desigualdade entre os homens,* p. 243.

As três educações – ou os mestres de Rousseau

A aprendizagem se confunde com a vida, e há muitos lugares onde aprendemos e muitos mestres que nos ensinam. Rousseau identifica três tipos de mestres ou três educações: a educação da natureza, a educação das coisas e a educação dos homens[21]. Temos apenas um controle relativo sobre o terceiro, e os dois primeiros não dependem de nós, embora sejam igualmente relevantes para todo o processo.

A educação da natureza não consiste em aprender com as flores, embora o ensinamento de Jesus de Nazaré de aprender com a simplicidade e o despojamento dos lírios certamente esteja incorporado em sua pedagogia. Rousseau sabe que o termo natureza é muito vago e por isso procura explicá-lo, colocando-o ao lado de hábito para mostrar que natureza é algo diferente. A educação é um hábito, mas existe uma natureza subjacente e anterior ao hábito e que se faz presente de formas previsíveis ou imprevisíveis. Pode-se torcer uma planta, mas ela tenderá a crescer na direção da luz. No caso da criança, Rousseau entende que a natureza lhe dá o princípio ativo, responsável pela sua capacidade de fazer perguntas e aprender. Pode-se abafar esse princípio, mas no primeiro momento ele voltará à tona.

Também os fatos educam. Rousseau é contrário a uma educação livresca e, por isso, acentua a experiência e os fatos. No caso do ensino da história, o preceptor do Emílio é admoestado a mostrar os fatos e não confundir o educando com interpretações. Como é inevitável que o fato venha envolto em interpretações, cabe não permitir que o aluno confunda a interpretação com o fato, mas que seja incentivado a aplicar o seu próprio julgamento. O primeiro papel do educador é proteger o seu aluno das influências da sociedade e dos julgamentos dos outros para que possa desenvolver

---

[21] Moacir Gadotti, em estudo de cunho autobiográfico, analisa a influência dos três mestres de Rousseau em sua própria vida e obra. Cf. GADOTTI, M. *Os mestres de Rousseau.*

em si e por si a capacidade de pensar e de julgar. É a tão conhecida educação negativa.

A educação dos homens é, no fim, aquela que faz de cada homem um cidadão. Estamos diante do grande dilema de Rousseau: formar um homem ou um cidadão.

> Aquele que, na ordem civil, quer conservar o primado dos sentimentos da natureza não sabe o que quer. Sempre em contradição consigo mesmo, sempre passando das inclinações para os deveres, jamais será nem homem, nem cidadão; não será bom nem para si mesmo nem para os outros.[22]

A saída – que Rousseau mesmo reconhece como impossível de ser realizada plenamente – é buscar a sintonia entre essas educações. Ou seja, por mais esforços que se façam e por melhores que sejam as intenções do educador, estamos diante de um ser irremediavelmente fraturado. É o preço da civilização.

A educação é ela própria uma tarefa impossível. Ela é, segundo Rousseau, uma arte – não uma ciência! – cujo êxito é improvável porque jamais seremos capazes de controlar o concurso de todos os mestres. Mas isso não a torna menos relevante. O ser humano nasce fraco, carente de tudo, e só a educação faz com que ele desenvolva os meios para a sobrevivência. "Tudo o que não temos ao nascer e de que precisamos quando grandes nos é dado pela educação"[23] Uma situação paradoxal e que reflete bem o estado permanente da educação: ela nunca será capaz de cumprir plenamente o que dela se espera ou o que ela promete. Mais do que isso, quanto melhor sucedida ela for, mais ela correrá o risco de fazer do ser humano o que ele talvez nunca deveria ser.[24]

---

[22] ROUSSEAU, J.-J. *Emílio*, p. 12.
[23] ROUSSEAU, J.-J. *Emílio*, p. 8.
[24] Cf. HENTING, H. *Rousseau oder Die wohlgeordnete Freiheit.*

A EDUCAÇÃO DO EMÍLIO

Quando escreveu *Emílio*, Rousseau já era um autor conhecido e admirado. Por isso mesmo, maior foi seu estranhamento quando pressentiu que havia no ar uma mistura de reações que ele, no início, não sabia distinguir. Afinal, nada havia em *Emílio* que já não tivesse sido anunciado em outros escritos, sobretudo em *Júlia ou a Nova Heloísa*. Ele fala assim da reação do público:

> Nenhuma outra obra teve tantos e tão grandes elogios, nem tão pouca aprovação pública. O que me disseram e me escreveram as pessoas mais capazes de julgá-la confirmou que aquela era a melhor de minhas obras bem como a mais importante.[25]

Madame de Boufflers escreveu que o autor da obra merecia uma estátua, mas pediu que lhe fosse devolvido o bilhete; para D'Alambert a obra colocava o autor no topo da intelectualidade, mas deixou de assinar a carta; outros evitavam expressar sua opinião por escrito. O resultado, sabemos: o livro foi queimado em Paris e em Genebra, e o autor condenado. Isso tudo em 1762.

Por esse fato, podemos ver que *Emílio* não é um livro de técnicas de educação de crianças. Rousseau faz da educação uma ação eminentemente política, motivo pelo qual também se refere à *República* de Platão como o mais belo

---

[25] ROUSSEAU, J.-J. *As confissões*, p. 606.

tratado de educação de todos os tempos. As regras e técnicas para criar o Emílio fazem parte de um projeto de formação do homem. Um projeto político. Os leitores de seu tempo, tanto as autoridades quanto os intelectuais que tinham condições de fazer o julgamento, viram isso e reagiram de acordo. A seguir, destaco alguns argumentos chaves que, segundo minha leitura, deram ao livro o lugar que hoje ocupa na história da pedagogia.

A primeira educação – uma gramática da infância (0 – 2 anos)

Na primeira educação, do nascimento ao fim do segundo ano, são lançadas as bases para a constituição do ser humano. O livro inicia, como já vimos no capítulo anterior, com reflexões sobre o lugar e o papel da educação. Colocadas essas premissas básicas, Rousseau parte em busca de seu educando ideal. Vai encontrar um menino rico e órfão de pai e mãe, a quem dará o nome de Emílio. A narrativa é feita pelo preceptor na primeira pessoa do singular, como uma obra de ficção. Se no *Contrato Social* Rousseau dizia que se precisava tomar as leis como podem ser, em *Emílio* faz um exercício semelhante em termos da educação. A realidade do *Emílio* tem como referência o mesmo estado de natureza e o mesmo homem natural do *Contrato social*. O *Livro 1* se constitui, como ele mesmo refere no fim, como uma espécie de busca de gramática da infância.

A mãe e o pai

O livro é dirigido às mães. De tão habituados que estamos a associar educação com escola, esse detalhe passa despercebido. Os argumentos são bastante pragmáticos: elas amamentam, têm mais apego às crianças, têm mais tempo e, quando viúvas, vão precisar da atenção dos filhos. Todos esses atributos fazem parte da natureza das coisas, e por isso é evidente que a primeira educação, a mais importante de todas, cabe às mulheres. Rousseau reclama que as mulheres deixaram de ser mães. Haveria ainda poucas mulheres não deformadas a tal ponto de serem capazes de criar os seus filhos. Por isso, à semelhança do que acontecia com grande parte das crianças da época, Emílio vai ser amamentado e criado por uma ama. A escolha da ama é de responsabilidade do preceptor, e os critérios são, entre outros, a pureza de hábitos, a saúde física e a alimentação saudável (de preferência vegetais).

Não é difícil ver uma continuidade entre a mãe em Rousseau e a professora de hoje, especialmente na educação infantil. Agora será a professora, e não mais o preceptor, que cuidará da boa educação das crianças, desde a alimentação correta até o ensino de álgebra. Paradoxalmente, para os pais de ontem e de hoje, é passado um atestado de incompetência diante de uma tarefa de tamanha envergadura e complexidade. Um exemplo dessa incompetência é a incapacidade das mães de identificar as doenças dando origem, segundo Rousseau, a um verdadeiro complô entre elas e os médicos (hoje os pediatras).

Rousseau, no entanto, não exime os pais (homens) de sua responsabilidade. Gerar e sustentar um filho corresponde a um terço de seu papel. Ele apenas estaria propiciando a continuidade da espécie e não dando conta das duas outras tarefas: criar homens sociáveis para a sociedade e cidadãos para o Estado. Por mais rico ou pobre que seja o homem, nada o desobriga de cumprir essas tarefas. Se os homens não as cumprem é porque a ruptura com o estado natural foi tão profundo que, a exemplo que ocorre com as mães, não conseguem mais entrever a sua função original.

O educador

Toda a educação de Emílio passa pelas mãos do preceptor. Ele é uma mistura de sábio e de mágico que dirige a educação de Emílio de acordo com as leis da natureza. Antecipando uma pergunta mais tarde repetida por Marx, Rousseau expõe o grande dilema para essa escolha: "Como é possível que uma criança seja bem educada por quem não tenha sido bem educado?"[26] Seria difícil encontrar um "raro mortal" cuja capacidade de bem educar não tivesse sido atrofiada pela sociedade e que, em conseqüência, passaria adiante esse legado para a outra geração.

Diante dessa impossibilidade, e para sair do círculo vicioso das necessidades, Rousseau passa ao nível das hipóteses. Em sua expressão, ele não põe as mãos à obra, mas à pluma. Sua breve experiência pessoal como preceptor não foi das melhores e nem poderia ser diferente. Experiências bem-sucedidas, reflete ele, só poderiam criar pessoas deslocadas na atual sociedade. Seria o caso, por exemplo, do filho de um rico que, se bem educado, certamente renunciaria aos títulos e jamais desejaria ser príncipe.

Quais, então, seriam as qualidades desse preceptor ideal? A primeira delas é que ele fosse companheiro de seu aluno, que tivesse a sua confiança. Alguém capaz de se colocar com a criança em suas brincadeiras e maneira de ser. Por isso, a preferência por alguém jovem, onde houvesse uma distância menor entre as idades. Uma segunda condição é que o preceptor só conduza uma educação. Sua tarefa começa antes do nascimento e se estende até que esteja formado o homem e cidadão. Dentro da ficção de Rousseau, esse fato sinaliza a especificidade e a unicidade de cada processo educativo. Cada educador e cada educando são indivíduos únicos e como tal são parte do povo e da espécie. A decorrência disso é que o preceptor também poderá escolher o seu educando que, no caso, vem a ser o Emílio.

A gramática da infância

"As crianças têm, por assim dizer, uma gramática para a sua idade, cuja sintaxe tem regras mais gerais do que a nossa."[27] As atentas observações das crianças fazem com que vejamos em Rousseau muitas das descobertas de Piaget.

---

[26] ROUSSEAU, J.-J. *Emílio,* p. 26.

[27] ROUSSEAU, J.-J. *Emílio,* p. 58.

Uma das preocupações centrais dessa gramática é que, à criança, não sejam ensinadas palavras que não entende. O pensamento está vinculado com a linguagem, e a capacidade de aprender palavras faz com que, desde cedo, comece a haver uma discrepância entre o pensamento e o uso da linguagem.

Essa é a fase que hoje conhecemos como constituição do objeto. Observando as crianças, Rousseau vê que a criança estende a mão da mesma forma para objetos próximos e distantes. É através desse tipo de movimento que ela vai aprendendo que existem coisas que não são uma simples extensão de seu corpo. Daí a importância, nessa fase, da educação dos sentidos; de cada sentido por si e fazendo comparações entre os cinco sentidos, por exemplo, relacionando a visão de uma maçã com o seu gosto.

Uma razão sensitiva (2 – 12 anos)

No longo período dos dois aos 12 anos de idade, a pessoa se torna um ser moral. É o momento em que a criança toma consciência de si mesma e começa a vida como indivíduo. "Ele se torna verdadeiramente uno, o mesmo e, por conseguinte, já capaz de felicidade e miséria."[28] É a idade em que o preceptor entra em cena com uma ação mais direta, seja para ensinar a leitura ou as regras de convivência.

Rousseau não vê razão para se educar uma criança para um futuro incerto. É uma lástima que tantas pessoas morram sem terem saboreado a vida. A infância não é um lugar de passagem para outros estágios mais desenvolvidos, mas precisa ser considerada como uma etapa com valor próprio. Do mesmo modo que "a humanidade tem lugar na ordem das coisas, assim a infância tem o seu na ordem da vida humana: é preciso considerar o homem no homem e a criança na criança".[29] Compete ao educador, antes de tudo, conhecer a criança

---

[28] ROUSSEAU, J.-J. *Emílio*, p. 67.
[29] ROUSSEAU, J.-J. *Emílio*, p. 69.

como ela é, e, para ensiná-la, é preciso conhecer o "método das crianças".

Assim como a infância tem a sua gramática, ela também tem a sua forma de pensar. Embora o objetivo da educação seja o desenvolvimento do "homem razoável", é um erro imaginar que se consiga isso aplicando o raciocínio dos adultos na educação das crianças. Sendo a razão a faculdade humana mais complexa e que precisa de mais tempo de maturação, querer usá-la no ensino das crianças é começar a educação de trás para frente.

A educação teria, pois, como princípio básico a experiência. Nada de ensinamentos precoces, que a criança não seja capaz de compreender. Nada também de pressa para ensinar muitos conteúdos. O segredo da boa educação, pelo contrário, consiste em perder tempo, ou seja, em permitir que a criança veja, sinta e comece a fazer os seus juízos próprios. "Considerai como vantagens todas as demoras: ganha-se muito quando se avança para o final sem nada perder. Deixai que se amadureça a infância nas crianças. Enfim, faz-se necessária para elas alguma lição? Evitai dá-la hoje, se podeis adiá-la para amanhã sem perigo."[30]

Por isso, nessa fase crucial da vida, a educação deve ser estritamente negativa. O ideal seria que Emílio não tivesse nenhum ensinamento sobre a virtude ou verdade, mas que ele fosse submetido ao maior número possível de experiências. O preceptor deverá permitir que ele exercite o seu corpo, que aprenda a usar os sentidos. Por isso, também nada de leituras, que Rousseau considera um flagelo das crianças. Apenas aos 12 anos Emílio será introduzido à leitura.

Não obstante, é nesse contexto que Rousseau trata da aprendizagem da leitura. Ele estranha que um instrumento tão útil tenha se transformado num tormento para as crianças. Fala então das várias técnicas que são usadas e causam polêmicas entre os educadores: uns ensinam com dados,

---

[30] ROUSSEAU, J.-J. *Emílio,* p. 92.

outros fazem do quarto da criança uma verdadeira oficina. Mas todos eles esquecem o mais importante, ou seja, despertar na criança o desejo de aprender. Despertado esse desejo, qualquer método fará o resto porque teremos uma criança curiosa, apta a fazer perguntas.

Rousseau denuncia a educação que enche a cabeça das crianças com conhecimentos. Ele traz uma bela descrição do que Paulo Freire, dois séculos mais tarde, caracterizaria como educação bancária.

> Quando se trata de examinar uma criança, fazem-no desembrulhar sua mercadoria; ele a exibe, todos ficam contentes; em seguida ele embrulha de novo o seu pacote e vai embora. Meu aluno não é tão rico assim, não tem pacote para desembrulhar, nada tem para mostrar, a não ser ele mesmo.[31]

Quanto ao desenvolvimento das virtudes, também nada de simples verbalizações e repetições. A imitação leva ao que Rousseau chama de "virtudes de macaco". Uma ação é boa ou má de acordo com a intencionalidade que a acompanha e não por ser a imitação mecânica da ação de outros. E isso Emílio aprende na experiência orientada por seu preceptor atento, compreensivo e exercitado no uso da razão.

É, em resumo, a fase do desenvolvimento de uma forma peculiar de razão, que Rousseau chama de "razão sensitiva ou pueril". Esta consiste em formar idéias simples a partir das experiências e se desenvolve em direção à "razão intelectual ou humana", a capacidade de lidar com idéias complexas.

Uma educação útil (12 – 15 anos)

É chegada a hora de preparar Emílio para o mundo do trabalho. Dadas as limitações da inteligência para conhecer tudo que existe, o critério para a educação nessa fase da vida é a utilidade. Veremos que não se trata de uma educação utilitarista ou pragmatista, mas de uma educação que ajuda

---

[31] ROUSSEAU, J.-J. *Emílio*, p. 199.

o jovem a encontrar o seu lugar num mundo em que os lugares já não mais estão predeterminados pelo nascimento.

Segundo Rousseau, Emílio está na terceira fase da infância, antes da adolescência. Sabemos que a idéia de adolescência como um fenômeno social próprio é posterior, geralmente associado ao século XIX e XX. Hoje, a descrição de Rousseau estaria se referindo ao que conhecemos como início da adolescência. Em primeiro lugar estão as mudanças físicas. Rousseau observa que, nesse período, pela primeira vez, as forças se desenvolvem mais rápido do que as necessidades. É o período de orientar essas forças para a inserção na sociedade através do estudo e do trabalho; de atividades úteis, portanto. Essa utilidade se concretiza em pelo menos dois aspectos novos nessa idade: a aprendizagem das ciências e a escolha da profissão.

Sobre o ensino das ciências

Rousseau continua insistindo na noção de que de nada ajuda emprestar idéias e conhecimentos à criança. A aprendizagem da ciência se dará quando a criança estiver atenta ao que acontece na natureza e tiver despertado a curiosidade. O desafio e a sabedoria do preceptor consistem em colocar questões ao alcance da criança e que a ajudem a ir encontrando as respostas por si mesmas. Emílio não deve aprender, mas inventar a ciência.[32]

Um bom ensino não depende do uso de artefatos sofisticados ou de truques psicológicos. Para ensinar geografia, nada melhor do que um passeio onde se possa observar desde a flora e a fauna até os pontos cardeais e a localização dos astros. Emílio terá interesse em saber sempre mais e terá no preceptor um companheiro de descobertas. Quanto à motivação, Rousseau está convencido de que só poderá vir de dentro, do coração. Melhor dizendo, do desenvolvimento da capacidade de *sentir* os fenômenos da natureza

---

[32] ROUSSEAU, J.-J. *Emílio*, p. 206.

de dentro, quando a aprendizagem terá a mesma simplicidade das coisas da natureza.

O erro faz parte da aprendizagem, e não cabe ao preceptor a vigilância para correções. Como na educação tem-se tempo, chegará o dia em que Emílio se dará conta dos seus enganos e, por si, fará as devidas adaptações e revisões. Nada também de encher a cabeça da criança de muitas informações para confundi-la. A capacidade de ser "razoável" não tem a ver com quantidade de conhecimentos, mas com a capacidade de estabelecer relações e de fazer julgamentos próprios sobre a matéria. Muitos homens que andam à cata de conhecimentos são, numa bela imagem de Rousseau, como crianças que colecionam conchas na praia e não conseguem segurar todas elas nas mãos. No fim, jogam tudo fora e voltam de mãos vazias para começar tudo de novo.

O problema dos livros é exatamente ensinar a falar de coisas que não se sabe. As "belas educações" não fazem mais do que criar "tagarelas", gente que só sabe repetir palavras. A educação que faz sentido não é, por isso, uma educação de palavras, mas uma educação das coisas. A educação livresca tem pelo menos dois pecados: não produz homens úteis para a nova sociedade que está emergindo e atrofia a capacidade de fazer perguntas e buscar respostas. Nessa nova educação, a única comparação possível é com aquilo que a própria criança já aprendeu. Seria preferível nada aprender a aprender por vaidade ou para ser melhor do que as outras crianças.

A escolha da profissão

Emílio vive numa realidade descrita por Rousseau como pré-revolucionária. Mesmo que tivesse nascido príncipe, de nada lhe valeria esse privilégio dentro da nova sociedade onde se assume que os homens nascem iguais e onde se tem por meta viver sob o regime do contrato social. Nessa sociedade, cada um coloca a si mesmo como o bem maior para a construção do coletivo. Cada um, pelo simples fato de viver sob a garantia desse contrato, tem uma "dívida social" a saldar para com os seus concidadãos.

A primeira condição na escolha da profissão é que ela favoreça a independência de Emílio. Isso tanto significa não depender de escravos ou servos quanto não depender de favores de nobres e patrões. Não lhe serve educar o fidalgo de Locke, mas também não imaginaria criar um empregado para uma das indústrias que por essa época começavam a se constituir.

Do mesmo modo que nas aulas de ciência Emílio criava os instrumentos para pesquisa, assim ele deverá criar os instrumentos para o seu trabalho. Um modelo inspirador para Emílio será Robinson Crusoé, que, abandonado na ilha, precisa criar as condições para a sua sobrevivência. Emílio terá o vigor físico e a ingenuidade de alma do selvagem ou do camponês e o juízo crítico do filósofo.

Colocadas essas condições, Emílio poderia ser um artesão em vários ramos. Mas a preferência é pela marcenaria. Eis a justificativa:

> É limpo, é útil, pode ser feito em casa; cansa suficientemente o corpo; exige do trabalhador habilidade e inteligência, e a elegância e o gosto não estão excluídos da forma das obras que a utilidade determina.[33]

Há nessa descrição uma valorização do trabalho manual, desprezado pela nobreza; a estética se junta com a utilidade, ao invés de ser meramente contemplativa; a inteligência assume uma função prática, produtiva. Com certeza, algumas das características que em breve farão da burguesia a nova classe hegemônica.

A aprendizagem dessa profissão se fará na prática, mas esta não esgota o que Emílio tem que aprender. Aprender o ofício é uma tarefa situada dentro de um marco maior, que exige muito mais tempo e é mais difícil – ser aprendiz do ofício de ser homem.

---

[33] ROUSSEAU, J.-J. *Emílio*, p. 258.

O conhecimento do homem (15 – 20 anos)

O mais longo dos cinco livros de Emílio é o quarto, que trata da educação entre os 15 e os 20 anos. Se no período anterior o critério da boa educação foi a utilidade através da criação de condições para poder ganhar e fazer a vida na sociedade, agora o assunto é o próprio homem. Chegou o momento de Emílio conhecer a sociedade.

> Emílio não é um selvagem a ser relegado aos desertos, é um selvagem feito para morar nas cidades. É preciso que saiba encontrar nelas o necessário, tirar partido dos habitantes e viver, senão como eles, pelo menos com eles.[34]

É o novo cidadão, o indivíduo com autonomia e com capacidade para enfrentar os desafios do novo mundo que se aproxima.

Esse estágio é tão importante que Rousseau considera haver, nessa idade, um segundo nascimento. O primeiro foi um nascimento biológico, para a vida; este é um nascimento espiritual, para a existência. A partir desta idade, nada deve ficar alheio à pessoa, uma vez que não se pode considerar a hipótese de uma vida isolada. A educação, portanto, deixa de ser negativa, e o preceptor só não terá um papel mais ativo porque Emílio, como um educando privilegiado, conquistou suficiente autonomia para agir, comparar e fazer suas escolhas. Acompanhemos alguns momentos de sua formação nesta fase da vida em que Emílio vai estudar "a sociedade pelos homens, e os homens pela sociedade".[35]

Paixões e sentimentos: Essa é a idade em que as paixões afloram. Como fonte da conservação da espécie, seria impossível querer suprimi-las ou abafá-las. O educador, portanto, deverá ter o cuidado de domesticá-las e orientá-las. Há uma diversidade de paixões, e deve-se ter o cuidado para não confundir paixões naturais com aquelas que

---

[34] ROUSSEAU, J.-J. *Emílio*, p. 265. (Ver também p. 339)
[35] ROUSSEAU, J.-J. *Emílio*, p. 309.

crescem como subprodutos da vida numa sociedade já contaminada.

O sentimento original no ser humano é o *amor de si*. É importante não confundir esse sentimento com egoísmo. Trata-se do compromisso de cada ser humano de cuidar de sua conservação, um interesse sempre bom e legítimo. Amando a nós mesmos em função da preservação de nossa vida, vamos ampliar esse círculo para amar aquilo que, por sua vez, ajuda a nos conservar. Rousseau repete, em outras palavras, a máxima bíblica de "amar ao próximo como se ama a si mesmo." Os sentimentos de vaidade, orgulho e soberba devem ser considerados formas desviantes de amor de si.

Na relação com o outro, o amor de si se transforma em piedade. Para que esta possa se desenvolver, deve haver uma educação que ajude a criança a fazer um descentramento, saindo de si mesma e se identificando com o ser que sofre, seja animal ou pessoa. Esses sentimentos que constituem a base para a subjetividade moderna estão resumidos em três máximas:

a) "Não pertence ao coração humano colocar-se no lugar de pessoas mais felizes do que nós, mas apenas no lugar das que estão em situação mais lastimável.

b) Só lamentamos no outro os males de que não nos acreditamos isentos.

c) A piedade que se tem pelo mal de outrem não se mede pela quantidade desse mal, mas pelo sentimento que atribuímos aos que sofrem."[36]

Observa-se uma centração no indivíduo como tendo em si mesmo os critérios para a ação ética a partir da visão da natureza como promotora de sua própria conservação. O comportamento ético passa para a esfera do humano, cabendo a Deus – na melhor das hipóteses – um longínquo lugar de criador da natureza cujas leis agora estão definitivamente abertas ao escrutínio da razão humana.

---

[36] ROUSSEAU, J.-J. *Emílio,* p. 290.

O estudo da história: A história tem um lugar especial no currículo de Emílio porque é através dela que se aprende a ler o coração dos homens. Rousseau quer que Emílio julgue os fatos por si mesmo, que não os leia nem como cúmplice nem como acusador, mas também sabe que isso é uma tarefa quase impossível. Um dos defeitos da história seria o de privilegiar o lado negativo dos acontecimentos (guerras, revoluções e catástrofes), esquecendo, com isso, os momentos da vida em que a humanidade prosperou.

A insistência nos fatos não tem como objetivo a sua memorização. Rousseau destaca a leitura de vidas de pessoas como bom ponto de partida para o estudo da história, porque é ali que melhor se revela o coração humano. O estudo meramente especulativo e o estudo utilitarista partilham o mesmo pecado: não ajudam a compreender e viver o presente real. Rousseau é irônico: imagina, diz ele, se ao invés de discutir com os alunos como Aníbal atravessou os Alpes, o professor discutisse com eles como reivindicar férias junto ao diretor. Quanta atenção haveria na sala de aula.

A religião: Ao analisar o mundo de Rousseau (capítulo 1), destacamos o lugar da religião. Isso é confirmado pelo número de páginas dedicado a esse assunto no quarto livro de *Emílio*. O ensino da religião acontece apenas agora porque Emílio tem condições de compreender que os mistérios – constitutivos da religião – são no fundo incompreensíveis. De que adianta falar de mistério quando não se têm condições de distingui-los dos fatos? Essa confusão é responsável por uma educação vazia, de repetição de palavras que não sejam ecos do coração nem expressão de pensamentos aceitáveis racionalmente.

Mesmo quando apela para a divindade como inteligência suprema, Rousseau se distancia do tipo de inteligência que a escolástica atribuía a Deus. No primeiro caso, é uma inteligência que organiza e estrutura o mundo e os homens dentro dele. Há uma participação, portanto, dessa inteligência suprema. Para Rousseau, a inteligência divina é de outra natureza, ou seja, ela é puramente intuitiva. Sendo tudo o que é ou pode ser, esta inteligência é dispensada de raciocinar.

A educação do gosto: Nessa idade Emílio vai ser confrontado com as diversas culturas. Assim como antes estudava o coração dos homens através da história, agora chegou o momento de estudar o que esse coração julga conveniente e bom. É a educação do gosto ou da noção do belo. A educação estética.

Para Rousseau, essa educação antecede apenas a escolha da companheira e a educação política num sentido mais estrito de confronto com diversas formas de governar e de viver em sociedade. Olhando para o que diferentes povos consideram gosto, Rousseau reconhece a base cultural da estética. Por isso, dirá ele em algum momento da discussão: não se discute o gosto. Mas ele está longe de um relativismo cultural em termos estéticos. Há modelos, sim, e esses modelos perfeitos, nós vamos encontrar na natureza. Quanto mais em sintonia com a natureza, tanto mais os gostos se aproximam.

É importante observar que a utilidade não é o fim da educação, em duplo sentido: como meta e culminância. O teatro, a poesia e, sobretudo, a literatura fazem parte da formação do homem capaz de saborear a vida. A escrita não tem apenas um sentido pragmático de transmitir conhecimentos, verdades, mas Emílio é ajudado a fazer a análise do discurso e a sentir a sua beleza interna. Rousseau dá preferência aos livros antigos por acreditar que estejam mais próximos da natureza.

O belo não se encontra apenas em sofisticados espetáculos. Os meios da felicidade geralmente estão muito próximos de nós mesmos, nas pequenas coisas.

> Disse em outro lugar que o gosto é apenas a arte de ser competente em pequenas coisas, e isso é muito verdadeiro; mas já que é de muitas pequenas coisas que depende o prazer da vida, tais cuidados são tudo menos indiferentes.[37]

---

[37] ROUSSEAU, J.-J. *Emílio*, p. 475.

A vida boa se constrói com a multiplicidade de pequenas experiências saboreadas ao máximo, em profundidade. Na educação de Emílio, a quantidade fica em segundo plano.

Emílio: homem e cidadão?

Chegamos, por fim, ao cidadão. No começo de *Emílio,* Rousseau pergunta se é possível conciliar a educação do homem e do cidadão, a educação da natureza e a educação da sociedade. A trajetória pedagógica de Emílio com seu preceptor mostra que a realização plena desse projeto é impossível. Haverá sempre uma tensão: abdicar da educação do homem significa entregar Emílio à barbárie da vida social; deixar de formar o cidadão implicaria confiná-lo numa ilha. Ambas as hipóteses são impossíveis.

A educação do cidadão é a última etapa da formação de Emílio e está no *Livro V* junto com a educação de Sofia. É o momento de conhecer os regimes de governo, e para isso nada é mais apropriado do que as viagens. O objetivo é ajudar Emílio a conhecer e ser capaz de discernir entre os diversos regimes políticos, com a possibilidade até de renunciar ao contrato do país onde nasceu. As escalas para medir a qualidade dos governos são os princípios de direito político condensados no contrato social através do qual se criam os meios de preservação e ampliação das condições de liberdade para cada cidadão. O soberano, que detém o poder, não é nada mais do que a vontade geral. A repressão é necessária na medida em que as vontades particulares não estão em sintonia com a vontade geral.

Rousseau, ao mesmo tempo, se mantém cético em relação ao poder das leis para garantir a liberdade. A verdadeira liberdade provém das leis da natureza inscritas no fundo do coração através da consciência e da razão. Isso equivale a dizer que a educação do cidadão é impossível sem a educação do homem.

No *Livro V* há também o encontro de Emílio com Sofia, o que será assunto para um capítulo próprio. Cabe apenas uma nota de advertência. O conceito de homem no sentido genérico de ser humano é usado ao longo dos capítulos sem o "sic" indicativo de erro ou engano, porque em Rousseau, como veremos, a mulher é considerada um ser humano menor. O conceito de homem, portanto, carrega essa duplicidade de sentidos. É o ser humano, mas é esse ser humano reduzido à metade.

E Sofia? A educação da mulher

A mulher nasce do desejo

Emílio é o produto da imaginação do preceptor imbuí-do do projeto para a criação de uma nova sociedade e de um novo homem. No mito bíblico da criação, Deus se deu conta da solidão do macho e fabricou uma companheira a partir da costela masculina. Nosso preceptor, de modo semelhante, ajudará o seu pupilo a fazer a mulher que será sua esposa e mãe de seus filhos. Só que, dessa vez, através de um complexo ato da imaginação.

A mulher aparece na educação de Emílio quando este precisa ser introduzido na sociedade. Ela é, por assim dizer, a porta de entrada para o mundo perigoso do qual Emílio havia sido cuidadosamente protegido. Quando estuda história, religião e os gostos e costumes, seu coração será despertado para a vida social, e é importante que seja adequadamente orientado para o ingresso nessa nova realidade. Sofia será uma espécie de garantia da sobrevivência moral do novo cidadão.

Destaco duas intuições de Rousseau que impressionam na leitura da passagem que introduz Sofia. Uma delas diz respeito ao lugar e papel do desejo, antecipando princípios importantes na teoria freudiana. O objeto amado, muito antes de ser uma realidade, é uma bem arquitetada ficção. "Amamos muito mais a imagem que criamos do que o objeto a que a aplicamos."[38] Como se explicaria de outra forma, argumenta Rousseau, que, quando cessa o amor, passamos a ver a pessoa de outra forma? Ela tem o mesmo corpo e faz os mesmos gestos, mas eles não se oferecem mais como foco da imaginação que os deseja.

A nova criatura não seria uma mulher perfeita, já que esta não existe, mas os próprios defeitos estariam adaptados às necessidades e condições de Emílio. O caminho da ficção do desejo aos fatos da realidade se dá sobre uma linha muito estreita; mas como o preceptor conhece as necessidades de Emílio, o risco de engano é praticamente nulo. O ato de nomear a mulher criada é a culminância do poder expresso nessa maquinação do imaginário. Ela será a Sofia, "um nome de bom augúrio."[39]

Mas há, nessa passagem, outra consideração importante. A mulher aparece como estruturante para a constituição do homem social. Ao contrário do que acontece com Emílio, a mulher, desde o início, surge como um ser social. Sem ela, toda a cuidadosa educação de Emílio correria o risco de cair por terra, e o menino tão bem educado poderia jamais se transformar em cidadão.

Se, para Emílio, os colégios foram descartados como lugares para a educação, para Sofia recomenda-se o convento. Nos lares, as mulheres são mimadas, ficam ociosas e não podem se expressar. No convento há, pelo menos, a possibilidade de exercícios físicos, liberdade para brincar e viver de acordo com sua idade. Em ambos os sexos, coincide que o lar não é um lugar adequado para a educação. Para Sofia, no entanto, não se preconiza a mesma educação negativa, e ela também não estará sob a pedagogia vigilante de apenas um preceptor. Essa visão da mulher como parte da sociedade corrompida é possivelmente uma herança da idéia de impureza da mulher, agora não mais explicada teologicamente,

---

[38] ROUSSEAU, J.-J. *Emílio*, p. 452.

[39] ROUSSEAU, J.-J. *Emílio*, p. 452.

mas atribuída à própria natureza. Paradoxalmente, no entanto, será essa mulher quem garantirá a existência do homem como ser social. A partir dos dons oriundos de sua fragilidade, ela governa as forças selvagens do homem.

Pensar sim, mas nos limites

O *Livro V*, que trata centralmente de Sofia, gera um desencanto no leitor, sobretudo na leitora de hoje. Até aqui se acompanharam com gosto e atenção as preciosas observações do pensamento da criança, o estudo da natureza, do homem e seu mundo. De repente, no início do *Livro V*, esta afirmação desconcertante:

> Em tudo o que não depende do sexo, a mulher é homem: tem os mesmos órgãos, as mesmas necessidades, as mesmas faculdades; a máquina é construída da mesma maneira, as peças são as mesmas, o funcionamento de uma é o mesmo da outra, a figura é semelhante, e, sob qualquer ângulo que os consideremos, só diferem entre si do mais para o menos.[40]

Cada um deles, homem e mulher, concorre para o mesmo objetivo, mas de maneira distinta, de acordo com a sua natureza própria. O homem é forte e ativo; a mulher, passiva e dócil. Ambos se complementam nesses papéis que a natureza teria distribuído sabiamente para a boa convivência. No assunto de gênero, o revolucionário Rousseau toma decididamente o lado conservador. Ele nota, por exemplo, que se vive uma época de "confusão dos sexos" e reconhece o protesto das mulheres[41], mas acha uma maneira bastante simplista de rebater as críticas. Ora, argumenta ele, como os homens poderiam ser culpados pela situação das mulheres se são as mulheres que criam tanto os homens quanto as mulheres?

---

[40] ROUSSEAU, J.-J. *Emílio*, p. 490.
[41] Cf. ROUSSEAU, J.-J. *Emílio*, p. 548 e 500.

Propõe, por isso, *sem escrúpulos,* uma educação específica para as mulheres:

> Ofereci sem escrúpulos uma educação de mulher às mulheres, fazei com que gostem dos trabalhos de seu sexo, com que tenham modéstia, saibam zelar por seu lar e cuidar da casa; o cuidado excessivo com a beleza desaparecerá por si mesmo e elas só se vestirão com um gosto melhor.[42]

O argumento de que existem na natureza os critérios para determinar as diferenças entre os sexos humanos fica especialmente evidente quando Rousseau trata da razão feminina. Sofia não deverá ser autômato nem serva, "ela pode aprender muitas coisas, mas apenas aquelas que lhe convêm."[43] Como observador atento de sua sociedade, Rousseau vê que as meninas gostam de brincar com bonecas, especialmente de enfeitá-las. Daí que a aprendizagem do bordado e da costura é um caminho natural para a sua educação, ao passo que ler e escrever são tarefas custosas.

Há, aos olhos de hoje, evidentes contradições na argumentação de Rousseau. Por um lado, as mulheres têm seus limites fixados pela natureza; por outro, elas precisam ser cuidadosamente controladas para não exceder esses limites. A afirmação no início do Emílio, de que nenhum filósofo se atreveu a medir a distância que vai entre um homem e outro, com certeza, não vale para as mulheres. Para elas há limites, estabelecidos por alguém que parece ter uma visão privilegiada da natureza. Afinal, conclui Rousseau, elas sempre estarão sujeitas ao juízo masculino.

Diferente do homem razoável, capaz do raciocínio abstrato que elabora princípios, a razão das mulheres é eminentemente prática. Elas são dotadas de uma "moral experimental", colada aos fatos, enquanto que aos homens foi concedida a capacidade de sistematizar. Em outra passagem,

---

[42] ROUSSEAU, J.-J. *Emílio,* p. 514.
[43] ROUSSEAU, J.-J. *Emílio,* p. 501.

Rousseau discute como os homens conhecem os fins, mas precisam das mulheres para descobrir os caminhos. A interdependência, no entanto, é tal e tão perfeita "que é com o homem que a mulher aprende o que deve ver e é com a mulher que o homem aprende o que deve fazer".[44]

As meninas também precisam ser ensinadas conforme sua idade, mas sempre tendo em vista os limites. No caso da religião, a exemplo do que ocorre com os meninos, não se espera uma simples repetição de dogmas, mas Rousseau adverte que ninguém imaginaria transformar uma mulher em teóloga. Para o lar, então, a mulher letrada é um desastre: "Uma moça intelectual é o flagelo de seu marido, de seus filhos, de seus amigos, de seus empregados, de todo mundo".[45] Não é por menos que o destino de tais mulheres é permanecer solteiras a vida inteira.

A mãe republicana

Sofia será mãe. E, por sinal, uma mãe muito especial, porque com ela se inaugura a imagem de um outro tipo de mãe: a mãe cidadã que criará o cidadão para a sociedade do contrato social. Haverá para ela novos papéis e novas funções, porque o mundo exige outro tipo de homem. É a mãe republicana.

Essa mãe aparece no início do *Emílio* em forma de crítica às mulheres da época e retorna no fim do livro, na forma de ficção, no personagem de Sofia. Rousseau critica a depravação das mulheres que se negam a amamentar seus filhos, mas também ironiza o simples cumprimento desse dever físico. "Terá a criança, pergunta ele, menos necessidade de uma mãe do que de suas tetas?"[46] Sua conclusão é que simplesmente não existem mais mães.

---

[44] ROUSSEAU, J.-J. *Emílio,* p. 520.

[45] ROUSSEAU, J.-J. *Emílio,* p. 573.

[46] ROUSSEAU, J.-J. *Emílio,* p. 19.

A mãe republicana terá pelo menos alguma semelhança com aquela mulher de Esparta, cujos cinco filhos estavam na batalha. Quando um escravo lhe trouxe a triste notícia da morte de todos os seus filhos, essa mãe exemplar o repreendeu por não lhe ter informado sobre o resultado da batalha, que era o que realmente lhe interessava. Sabendo da vitória, dirige-se ao templo para agradecer. Essa, diz Rousseau, é a cidadã. Aquela que aprendeu a controlar seus sentimentos para garantir a ordem civil.

Sofia será uma mãe robusta, capaz de gerar filhos saudáveis e fortes. A fraqueza, causa da dependência, é tolerada apenas nas mulheres – e isso por uma imposição da natureza. No fim das contas, a mulher – dócil, amorosa, forte – é um meio eficaz para a criação da nova sociedade.

> Como se o amor que temos pelo próximo não fosse o princípio do amor que se deve ao Estado! Como se não fosse pela pequena pátria que é a família que o coração se liga à grande! Como se não fossem o bom filho, o bom marido, o bom pai que fizessem o bom cidadão![47]

É a mãe quem faz o bom filho, quem satisfaz e governa o bom marido e quem garante as condições para um bom pai.

Entre o amor e o contrato

Ao se tornar adulta, Sofia recebe do preceptor uma lição que a encaminha para o casamento. O discurso, coerente com o que vimos antes sobre a educação da mulher, inicia reafirmando a intenção de ver Sofia feliz – mas de vê-la feliz porque de sua felicidade depende a felicidade do homem. Este representa para ela nada menos que a possibilidade de constituir sua existência.

Na escolha do marido, é importante prestar atenção para as muitas conveniências naturais, da educação e da opinião. Nos casamentos arranjados, contam os dois últimos

---

[47] ROUSSEAU, J.-J. *Emílio*, p. 499.

critérios, pois os pais escolhem os parceiros de acordo com o *status* social, a riqueza ou relações familiares. Rousseau coloca em primeiro lugar a conveniência da natureza, sobre a qual apenas o homem e a mulher são juízes. Sendo as outras conveniências meramente circunstanciais, é apenas esta que pode garantir a harmonia matrimonial.

O casamento passa a ser, assim, um contrato firmado sobre um encontro de subjetividades. O amor é aquela "inclinação mútua"[48] que atravessa as convenções sociais e, por ser natural, tem precedência sobre as demais conveniências. No entanto, a escolha não pode ser entendida como uma coisa dos sentidos e do coração. Destes, sem a razão, apenas podem-se esperar ilusões e enganos.

> Minha filha, é à razão de Sofia que te entrego; não te entrego à inclinação de seu coração. Enquanto tiveres sangue-frio, continua a ser teu próprio juiz, mas, assim que amares, devolve à tua mãe o cuidado de ti.[49]

Ou seja, o próprio sentimento do amor, enquanto expressão da natureza, deve ser submetido ao controle da razão.

Antes os pais escolhiam o marido da filha, e esta era apenas consultada. Rousseau inverte a equação: agora é a filha que escolhe o marido, e os pais são consultados. Estes olham, sobretudo, se o noivo é um "homem de bem", cujas qualidades encontramos no Emílio. Apesar da submissão da mulher, inicia aqui um novo ciclo na história da família. A família sustentada na linhagem e na tradição dá lugar ao que conhecemos como a família nuclear. Emílio e Sofia constituirão uma família própria, num lugar de sua escolha. É por isso que Emílio foi educado para a autonomia e aprendeu uma profissão que lhe garante o sustento.

No romance *Júlia ou a Nova Heloísa,* temos um belo exemplo dos embates subjetivos que, por sua vez, ecoam

---

[48] ROUSSEAU, J.-J. *Emílio,* p. 560.
[49] ROUSSEAU, J.-J. *Emílio,* p. 561.

as mudanças na estrutura econômica e política da sociedade. A paixão entre Júlia e o jovem amante acaba sendo domesticada e se transforma num amor comportado e controlado. Wolmar, um senhor na beira dos 50 anos que acaba se casando com Júlia, é tudo que o jovem apaixonado não é. Tem uma vida tranqüila e regrada, não é nem triste nem alegre, é um bom administrador, é bom observador sem se perder em divagações fúteis. Esses predicados são enumerados pela própria Júlia na carta de despedida ao seu amante. Sua conclusão, que no início decepciona o amante, é que o amor é dispensável para um casamento feliz:

> O amor é acompanhado por uma inquietação contínua de ciúmes ou de privação, pouco conveniente ao casamento, que é um estado de gozo e de paz. As pessoas não se casam para pensarem unicamente uma na outra, mas para preencherem juntas os deveres da vida civil, para dirigir prudentemente a casa, para criar bem os filhos.[50]

Rousseau revela-se, também aqui, o pensador paradoxal. Por um lado, ele afirma o sentimento como base para uma relação duradoura. No casamento, o amor deveria prevalecer sobre as obrigações, e a espontaneidade do prazer, sobre o controle. A autenticidade de cada um dos parceiros, entregando-se livremente na relação, é a medida da felicidade do casal. São pensamentos que preparam o caminho do divórcio, permitido na nova lei da Revolução, algumas décadas depois.

Por outro lado, o sentimento não será capaz de sustentar a nova institucionalidade. O árbitro final é, mais uma vez, a razão que manda olhar os deveres da vida civil. A família não é mais o elo entre gerações que transmitem uma tradição com base em título de nobreza ou propriedade, mas o espaço de produção do novo cidadão para a nova sociedade.

---

[50] ROUSSEAU, J.-J. *Júlia*, p. 327.

Modelo de educadora

Sofia foi preparada para ser a educadora de seus filhos, mas foi se tornando também um modelo da professora. Baseado em Rousseau, Napoleão Bonaparte criou escolas femininas onde se enfatizava o papel materno. Em 1842, é aprovada na França uma lei que cria cinco escolas normais para moças, inspiradas em Pestalozzi. Este substitui o preceptor de Rousseau por Gertrudes, uma mãe virtuosa, no papel de educadora. Ela também não educa apenas uma criança, mas todas as crianças do povoado com incansável doação materna, e, através delas, regenera toda a comunidade.

A professora, sucessora da Gertrudes, passa a assumir muito da abnegação e pureza da freira e do papel de guardiã da moral e nutridora, da mãe.[51] Também no Brasil, de profissão eminentemente masculina, o magistério, aos poucos, vai se tornando uma profissão feminina. São as filhas de Gertrudes e as netas de Sofia encontrando o seu caminho entre a "emancipação e preconceitos".[52]

Post Scriptum sobre os solitários

Como Emílio e Sofia viveram? Será que foram felizes para sempre? Rousseau tratou da continuação da vida desses dois protagonistas do *Emílio* num livro inacabado com o título *Emile e Sophie ou os solitários*. Ao contrário do que se poderia esperar, o destino reservou surpresas pouco agradáveis para esses dois jovens tão bem educados. Quem agora conta a história, em carta ao amado preceptor, é o próprio Emílio.

Logo depois que o preceptor deixou de morar com o casal, morreram os pais e a filha de Sofia, e, entre prantos, o casal decide morar na cidade.

---

[51] Cf. BADINTER, E. *Um amor conquistado: o mito do amor materno*, p. 241-272.

[52] Cf. SCHAFFRATH, M. *Profissionalização do magistério feminino: uma história de emancipação e preconceito*. Disponível em: <www.anped.org.br/23/textos/0217t.PDF>.

Eu estremecia, conta Emílio, ao pensar que eu próprio estava arrastando tantas virtudes e encantos para esse abismo de preconceitos e vícios onde se perdem por todo lado a felicidade e a inocência.[53]

A premonição se cumpre. Sofia engravida da relação com outro homem, e esse ato de infidelidade leva Emílio a profundo desespero, mais uma vez manifestado no embate entre o coração e a razão.[54] O coração quer que ele volte para a sua amada – ou o que tinha sido sua amada –, mas a razão não admite esse sinal de fraqueza.

Como o livro está incompleto, não se sabe o final. Mais importante que isso é o aparente fracasso que Rousseau reconhece em sua própria prática pedagógica. Confirma-se o paradoxo. Tudo o que somos depende da educação, mas, por mais controlada e refletida que ela seja, seu rumo não poderá ser garantido. E quando o presumimos garantido, o resultado poderá ser muito pouco do que deveria ou poderia ser.

---

[53] ROUSSEAU, J.-J. *Emile e Sophie ou os solitários*, p. 35.
[54] Cf. ROUSSEAU, J.-J. *Emile e Sophie ou os solitários*, p. 121.

NATUREZA, CULTURA E EDUCAÇÃO

O debate sobre o lugar da natureza e da cultura perpassa, como poucos outros, a teoria pedagógica. Sabemos que faz muita diferença se atribuímos determinados comportamentos e tendências da pessoa à natureza ou à cultura, e, tanto em nome de uma quanto de outra, inúmeras injustiças foram e continuam sendo cometidas. Talvez nunca saibamos de fato o que na pessoa é natureza e o que é cultura; quem sabe até a própria questão esteja mal colocada. Afinal, poucos de nós sobreviveríamos sem produtos culturais que funcionam como extensões do corpo para que possamos ver melhor, andar mais depressa ou apreciar a música de uma orquestra acomodados em nossa sala.

O espaço não nos permite entrar nos meandros do atual debate, mas é por essas razões que alguém lembrou que vivemos numa época pós-humana, ou seja, quando atributos considerados da natureza humana se confundem com sofisticadas inovações tecnológicas.[55] Basta advertir, no início deste capítulo, que, ao trazer à tona algumas idéias de Rousseau, estaremos remexendo em muitos de nossos preconceitos em relação ao que a pessoa é e pode ser.

O mito do homem natural

"Tudo está bem quando sai das mãos do autor das coisas, tudo degenera entre as mãos do homem."[56] O toque da

---

[55] Cf. FUKUYAMA, F. *Our post-human future.*
[56] ROUSSEAU, J.-J. *Emílio*, p. 7.

mão do homem, segundo Rousseau, tem o terrível dom de confundir e perturbar a boa ordem das coisas. Nem mesmo o próprio homem escapa à sua ação deformadora: tendo nascido livre, logo é transformado em escravo de tudo e de todos.

Rousseau não é o único a apelar para o estado da natureza para elaborar a sua teoria sobre o homem e a sociedade. Com sua visão otimista de natureza humana, ele bate de frente com outro autor, igualmente influente e conhecido, que afirmava exatamente o contrário. No livro *Leviatã,* Thomas Hobbes (1558-1679) descreve o estado da natureza como um estado de guerra entre os homens que teria sua origem na competição, na desconfiança e na glória. O Estado é a agência de controle e de repressão desses instintos belicosos.

John Locke (1632-1704), citado com certa freqüência na obra de Rousseau, não concorda com Hobbes. Para ele, o estado da natureza implica a existência de uma lei da natureza para bem governar os homens. Essa lei é a razão que, se bem aplicada, promoverá condições de vida de acordo com o plano original da natureza. Uma vez que a razão é a mesma para todos, as diferenças, inclusive de apropriação dos bens, são decorrentes do uso mais ou menos conveniente que se faz dessa faculdade. Locke justifica, dessa forma, a propriedade privada.

Rousseau difere de Hobbes e de Locke por ver no estado da natureza uma espécie de paraíso perdido. Na história bíblica, a consciência do bem e do mal causa a ira de Deus e expulsa o homem das delícias do Jardim do Éden, sem volta. Também para Rousseau o retorno ao estado da natureza é impossível. Somos vítimas de nosso próprio sucesso para satisfazer as necessidades. Este é mais um paradoxo: quanto maior a dependência da arte e das ciências, mais estas revelam a sua inutilidade para a produção da felicidade.

Dirigindo-se aos filósofos e cientistas da época, Rousseau pergunta:

Respondei-me, repito, vós de quem recebemos tantos conhecimentos sublimes, se não nos tivésseis nunca ensinado tais coisas, seríamos com isso menos numerosos, menos bem governados, menos temíveis, menos florescentes ou mais perversos?[57]

A ciência e as artes tendem a afastar o homem do estado natural. Resta como possibilidade de elo com esse mundo perdido e original a consciência, acompanhada da razão.

Conhecer o bem não é amá-lo; o homem não tem um conhecimento inato do bem; mas assim que sua razão faz com que o conheça, sua consciência leva-o a amá-lo: é este o sentimento que é inato."[58]

A consciência é o sentimento que permite julgar o bem e o mal, mas ela necessita da razão para guiá-la.[59]

Por que, nessa época, se precisa recorrer à natureza para justificar as possibilidades e os limites da convivência humana? No fundo da questão está o fato de que os argumentos teológicos não mais se sustentam às luzes da razão. Os teólogos, há muito tempo, se perguntavam sobre a origem do mal (pecado) e sobre a possibilidade de uma nova vida (conversão), e as respostas eram convincentes num mundo que tinha Deus como referência básica. No tempo de Hobbes, Locke e Rousseau, essa mesma discussão passa para o plano de uma nova racionalidade, e outras linguagens tentam dar conta desse velho enigma.

A criação do estado da natureza corresponde à vontade de encontrar – agora pela razão – uma natureza universal. Na época em que se fundavam colônias, se traficavam escravos, se dizimavam os índios, o estado da natureza era o indicador que permitia reduzir todos e tudo a um critério universal, mesmo que fosse para mostrar o lado negativo

---

[57] ROUSSEAU, J.-J. *Discurso sobre as ciências e as artes,* p. 345.

[58] ROUSSEAU, J.-J. *Emílio,* p. 392.

[59] Cf. ROUSSEAU, J.-J. *Emílio,* p. 532.

da sociedade. O bom selvagem, por exemplo, se torna o meio para mostrar aos civilizados o que eles não são. A célebre expressão do holandês Caspar Barleus, no século XVII, de que não há pecado ao sul do Equador sinaliza que há no planeta regiões que estão fora do circuito do bem e do mal.

Temos em Rousseau uma evidente ambigüidade. Por um lado, ele exalta as qualidades do homem natural. Este é tudo que o homem civilizado não é: suas necessidades são poucas, ele leva uma vida simples, dispensa as convenções da sociedade, não é dependente de outros e de instituições. Mas a evolução da sociedade, conforme a descrição de Rousseau, não torna possível um simples retorno a essa vida idílica. Emílio é educado para viver em sociedade, a qual, por mais perfeito que fosse o contrato que a rege, não é isenta dos vícios que o progresso traz consigo. O homem civilizado será um homem cindido, em permanente luta consigo mesmo.

Vejamos essa ambigüidade no modelo Robinson Crusoé, o herói do único livro recomendado ao jovem Emílio. Se observarmos bem, Robinson é o protótipo do branco empreendedor e conquistador. O acaso leva-o à descoberta de novas terras onde ele pode aplicar toda a sua inventividade. Sexta-Feira, o seu companheiro nativo, é a triste figura do selvagem usado para garantir o sucesso do herói da história. O mito do estado da natureza, portanto, esconde tudo aquilo que faz de Robinson Crusoé e de Sexta-Feira pessoas simplesmente distintas. Os dois personagens são uma bela imagem dos dois lados da modernidade: um deles triunfante e o outro fracassado.

Natureza, culturas e gênero

Convém não se apressar demais nos juízos sobre Rousseau. Ele sempre surpreende, de um lado ou de outro. Se é verdade que o estado da natureza corresponde à vontade de encontrar um universal humano a partir da razão, a obra de Rousseau revela singular consciência do imbricamento da cultura no que se entende por natureza. Ao fazer o percurso que vai do homem natural ao homem civil, Rousseau pondera que, se Diógenes – o filósofo que morava num tonel e um dia saiu com uma lâmpada acesa à procura de um homem – não encontrou o homem, é porque procurava entre seus contemporâneos um homem de outra época. "A alma e as paixões humanas alternando-se insensivelmente mudam, por assim dizer, de natureza."[60]

Há um substrato universal no estado da natureza, mas este se perdeu com o estado civil. Na sociedade restam "homens artificiais" e paixões fugazes que mudam conforme os tempos e os lugares. Por isso Rousseau leva Emílio a estudar os costumes de sua época, observar as diferentes formas de governo e ver como as mulheres criam os filhos. Vimos, no primeiro capítulo, o modo pelo qual a própria religião é entendida como uma questão de geografia. Povos, dependendo de suas condições de vida, inventam suas maneiras de nomear e cultuar a divindade.

Há, no entanto, uma diferença importante entre natureza e cultura no tocante ao sexo. Vejamos esta intrigante frase: "O macho só é macho em certos instantes, a fêmea é fêmea por toda a vida, ou pelo menos a juventude toda".[61] Ou seja, o homem é visto essencialmente como ser de cultura, e a mulher, como ser da natureza. Ainda hoje é mais comum a referência ao tornar-se homem do que ao tornar-se mulher.

Isso tem implicações na educação do Emílio e da Sofia. Se a menina pode prescindir da educação – ou de uma educação apurada – é porque ela nasce mais ou menos pronta. Ela nasce mulher, com todos os requisitos necessários para ser mãe e esposa. O homem, pelo contrário, nasce carente de formatação para as exigências da sociedade.

Mesmo que hoje não concordemos com os juízos de Rousseau sobre questões como a de gênero, não podemos

---

[60] ROUSSEAU, J.-J. *Discurso sobre a desigualdade,* p. 281.

[61] ROUSSEAU, J.-J. *Emílio,* p. 496.

deixar de ver nele um atento observador do mundo cultural de sua época. Nada escapa à sua atenção: a vida dos camponeses, os jogos das crianças, as paixões da adolescência, as formas de governo, os costumes dos povos e os climas, as letras e a música, a ciência e a arte. No melhor estilo de Paulo Freire, o educador é, antes de tudo, um especialista na leitura do mundo.

Como estudar a sociedade

Vale a pena deter-nos no método de estudo da sociedade proposto por Rousseau. Como máxima geral, podemos tomar esta frase: "É preciso estudar a sociedade pelos homens, e os homens pela sociedade; quem quiser tratar separadamente a política e a moral nada entenderá de nenhuma delas".[62] O homem e seu contexto são inseparáveis. Qualquer tentativa de dicotomizar o homem e seu mundo redunda em fracasso de compreender um e outro.

Pela complexidade da tarefa, o estudo do homem e da sociedade será a última etapa da formação. Para que esse estudo tenha o efeito desejado, há um pré-requisito básico: a capacidade de julgar por si mesmo. Sem isso, qualquer tentativa redundaria em fracasso ou seria inócuo do ponto de vista de uma verdadeira capacitação do cidadão como parte do povo regido pelo contrato social.

Numa carta do Amante para Júlia (Carta XVII), este explicita seus temores e tensões no ato de compreender a sociedade. Ele se encontra em Paris e conta para a amada o caminho percorrido para conhecer essa cidade e que ele mesmo anuncia na carta anterior: "Meu objetivo é conhecer o homem e meu método, o de estudá-lo em suas diferentes relações".[63] Separo, a seguir, os passos que compõem esse método para realçar o seu caráter didático.

---

[62] ROUSSEAU, J.-J. *Emílio,* p. 309.
[63] ROUSSEAU, J.-J. *Júlia,* p. 219.

1.A imersão: "Enfim, eis-me inteiro dentro da torrente. [...] Passo o dia inteiro na sociedade, com os ouvidos atentos ao que os impressiona...."[64] O estudioso não conhecerá a sociedade nem pela boca de outros nem numa observação à distância. Mesmo que o Amante não encontre nada comparado à pureza de Júlia, os ruídos e movimento da cidade oferecem certos prazeres ao observador. As permanentes mudanças, no entanto, dificultam tanto um envolvimento emocional com as coisas quanto o seu exame mais acurado.

2.O lugar do observador: "Assim, começo a ver as dificuldades de estudar a sociedade e nem mesmo sei em que lugar é preciso colocar-me para conhecê-la bem".[65] Rousseau pondera sobre onde se colocar para fazer a análise. Duas posições são rejeitadas de saída: a do filósofo e a do homem da sociedade. Um está longe demais, e o outro está perto demais. O filósofo estudará as diversas partes, mas, por estar afastado da realidade, não terá condições de sentir os efeitos e as interconexões. Segundo Rousseau, "é uma loucura querer estudar a sociedade como simples espectador".[66] Somente a partir de nossa própria ação seremos capazes de ver e analisar a ação dos outros. O homem da sociedade, por seu turno, está dentro da correnteza e, por isso, não está em condições de pensar. As coisas vistas e sentidas passam por ele sem que tenha tempo e condições de analisá-las. Tampouco é possível, continua Rousseau, dividir-se como se fosse possível, alternadamente, ter um momento para ver e sentir e outro para refletir. O lugar do observador será, então, um lugar de permanentes incertezas entre demasiada proximidade e demasiada distância. Um lugar de risco.

3.O todo e as partes: "A primeira coisa que se evidencia num país não é o tom geral da Sociedade?"[67] O observador

---

[64] ROUSSEAU, J.-J. *Júlia*, p. 222.

[65] ROUSSEAU, J.-J. *Júlia*, p. 222.

[66] ROUSSEAU, J.-J. *Júlia*, p. 223.

[67] ROUSSEAU, J.-J. *Júlia*, p. 218.

começa a sentir o clima do lugar: quem fala com quem, o tom das conversas e os assuntos em pauta. Mas isso não lhe basta. O próximo passo é penetrar os círculos mais restritos, mais escolhidos. "Estou agora iniciado em mistérios mais secretos"[68], ironiza nosso Amante pesquisador, que é admitido a jantares exclusivos. Lá as pessoas falam mais livremente e tecem relações que não são viáveis nas conversas de rua. O verniz de disfarce não esconde as intenções desse grupo, no caso, da elite parisiense. "É lá, numa palavra, que se afia com cuidado o punhal sob pretexto de machucar menos mas, na realidade, para mergulhá-lo mais profundamente."[69] O observador estranha muito como o assunto sempre são os outros e como, apesar de se falar de sentimentos, se evita falar de si mesmo. São essas conversas que dão o tom de regularidade para o cotidiano e justificam as convenções. Por isso mesmo é importante conhecer outros grupos. Sócrates, lembra Rousseau, fazia falar cocheiros, marceneiros, sapateiros e escravos. Por que hoje, pergunta ele, não se olharia para o que acontece no balcão de um negociante ou na oficina de um operário?

4. *A informação que importa*: "No palco como na vida ouve-se em vão o que se diz, não se fica sabendo nada do que se faz e por que se precisa ficar sabendo?"[70] Depois de realizar as suas observações, o Amante se dá conta de que talvez ele tenha apenas ouvido palavras e que, entre as palavras e as ações, há um grande vazio. Como o observador pode saber se não está realmente lidando com aparências? Não há como fugir desse dilema, porque "embora as obras dos homens não se assemelhem a suas palavras, vejo que não são descritas senão por suas palavras".[71] As palavras, por mais frágeis que sejam, são o caminho para as obras e, por isso, elas são tão essenciais na observação.

---

[68] ROUSSEAU, J.-J. *Júlia*, p. 223.

[69] ROUSSEAU, J.-J. *Júlia*, p. 224.

[70] ROUSSEAU, J.-J. *Júlia*, p. 230.

[71] ROUSSEAU, J.-J. *Júlia*, p. 230.

5.O retorno ao eu: "Volto à noite penetrado por uma secreta tristeza, acabrunhado por um desgosto mortal e com o coração vazio e inchado como um balão cheio de ar".[72] Os olhos e ouvidos atentos não deixam de causar impacto no observador. Ele é afetado por tudo o que vê, é tomado por indignação e por revolta contra a degradação da natureza humana que, por sua vez, ele sente afetando a si mesmo. A volta ao mundo sadio se dá através do amor de Júlia, onde sente resplandecer a imagem da virtude e da dignidade.

Ao explicitar esses passos investigativos, lembrei-me muito de nossas atuais discussões de metodologia de pesquisa em educação. Não estamos, sempre, à procura de nosso lugar como pesquisadores? Não continuamos discutindo a relação entre as palavras e as coisas, a linguagem e ação? Não temos que aprender constantemente como lidar com a indignação que nos assalta quando as pesquisas mostram uma realidade que, ao mesmo tempo, é tão espessa e impermeável para quem a vive? Não temos, nós, necessidade de um refúgio, de um porto seguro, que não nos deixa ser levados pela correnteza ou cair num cinismo paralisante?

Conhecer a natureza – um gesto amoroso

A curiosidade do observador, para Rousseau, é um estado de espírito, um jeito de ser no mundo. Por sinal, um jeito nem sempre fácil porque é acompanhado de profundas desilusões. Ao mesmo tempo parece haver uma certa irreversibilidade neste caminho: uma vez iniciado, ele mesmo continua se fazendo e como que conduzindo os passos do investigador. Entre as condições para isso, Rousseau reconhece – meio a contragosto – a necessidade de um certo tipo de ócio. Não aquele ócio do preguiçoso que não age e não pensa, mas aquele ócio que se situa entre a operosidade

---

[72] ROUSSEAU, J.-J. *Júlia*, p. 231.

de uma criança que está em permanente movimento sem necessariamente fazer algo e o devaneio de um "tonto" que, enquanto mantém os braços cruzados, pensa uma multidão de coisas sem se importar com a opinião alheia.

Ele conta, nas *Confissões,* como a botânica se tornou sua atividade ociosa preferida.

> Vaguear sem destino pelos bosques e pelos campos, maquinalmente pegando isso e aquilo, ora uma flor, ora um galho, catando as hervinhas quase ao acaso, observando milhares de vezes as mesmas coisas e sempre com o mesmo interesse porque sempre as esquecia, era ter com que passar a eternidade sem poder aborrecer-me em um só momento.[73]

Fascina-o o conjunto da flora; encantam-no os detalhes de cada folha e flor. Ele acompanha as alterações de um dia para outro, procura informar-se sobre as plantas e conhecer o seu *habitat.* Coletar e classificar – objetivos centrais na ciência moderna – são parte de um ato de conhecer que passa pelo corpo todo: o movimento do passeio, o toque das folhas, a beleza da paisagem, as fragrâncias das flores, o gosto dos chás e das frutas.

Na sétima caminhada (Primavera e Verão de 1777), Rousseau critica a visão utilitarista que algumas áreas de conhecimento têm da natureza. "As árvores, os arbustos, as plantas são o enfeite e a vestimenta da natureza"[74] Conhecer a natureza tem, portanto, um fundo estético. Tem a ver mais com a "sensibilidade da alma" do que com eventuais benefícios práticos. O caminhante sente como que uma embriaguez que o faz entrar em sintonia com a "imensidade desse belo sistema com o qual sente-se identificado".[75]

O hábito de procurar nas plantas apenas remédios e drogas, ao contrário de aproximar as pessoas da natureza,

---

[73] ROUSSEAU, J.-J. *As confissões,* p. 677.

[74] ROUSSEAU, J.-J. *Os devaneios do caminhante solitário,* p. 93.

[75] ROUSSEAU, J.-J. *Os devaneios do caminhante solitário,* p. 93.

as afasta. É o caso do parisiense, que ao ver um belo jardim em Londres, não viu nele mais do que um jardim de Apoticário. Em suas palavras:

> Tais idéias medicinais certamente são pouco próprias para tornar agradável o estudo da botânica, fazem desaparecer a variedade das flores dos prados, o colorido das flores, secam o frescor dos arvoredos, tornam a verdura e as sombras insípidas e desagradáveis; todas essas diversas formas encantadoras e graciosas interessam muito pouco a quem quer que deseje apenas esmagar tudo isso num pilão, e não se procurarão guirlandas para os pastores entre ervas para clisteres.[76]

Acrescentaríamos hoje: interessam muito menos a quem vê na biodiversidade apenas um potencial de negócios através da descoberta de novos produtos farmacêuticos.

---

[76] ROUSSEAU, J.-J. *Os devaneios do caminhante solitário*, p. 94.

Saberes da Teoria Pedagógica

Poucos autores igualam Rousseau como referência em tantas áreas: filosofia, ciências políticas, antropologia, artes e educação, para citar apenas as mais evidentes. Por essas múltiplas vinculações de sua teoria é oportuno perguntar-nos como, para ele, se organizam os saberes de uma teoria pedagógica. Parto do pressuposto de que: 1) nele encontramos uma tal teoria, muito bem articulada com outras áreas, e 2) esse tipo de teorização nos faz falta hoje quando as milhares de pesquisas tendem a não se integrar em corpos de conhecimento capazes de propiciar instrumentos para promover políticas educacionais alternativas ou para uma ação pedagógica inovadora.

Em Rousseau, a revolução pedagógica está no âmago das demais. O *Emílio* não foi apenas o livro que provocou as reações mais violentas, mas foi também aquele que o próprio autor considerou como sendo sua melhor obra. A tentativa, abaixo, é de fazer uma leitura transversal da obra pedagógica para perguntar sobre os ensinamentos em termos da construção teórica em pedagogia. Que tipos de saberes foram necessários para inventar o Emílio e sua trajetória pedagógica? O que, eventualmente, podemos aprender do seu jeito de fazer pedagogia?

Ressalva-se que Rousseau não escreveu um manual de educação. Embora o *Emílio* esteja repleto de exemplos da ação pedagógica do preceptor, este jamais é apresentado como modelo. Tanto assim que o preceptor é único e cumpre uma única jornada educativa com um educando. Importa identificar quais as grandes questões pelas quais passa a construção de sua teoria pedagógica.

Razão e paixão na arte de educar

Rousseau se coloca no meio dos conflitos da sociedade de seu tempo de forma apaixonada. Afinal, é pela atividade das paixões que a razão se aperfeiçoa: "Só procuramos conhecer porque desejamos usufruir e é impossível conceber porque aquele, que não tem desejos ou temores, dar-se-ia a pensar e raciocinar".[77] Um exemplo de como ele era possuído pelas questões é o momento em que decide participar do concurso lançado pela academia de Dijon com a seguinte pergunta: "O restabelecimento das ciências e das artes terá contribuído para aprimorar os costumes?" Ao ler o anúncio no jornal, ele foi imediatamente tomado por um turbilhão de idéias que o obrigou a sentar-se à sombra de uma árvore, banhado em lágrimas. O resultado foi o *Discurso sobre as ciências e as artes,* pelo qual ele recebeu o prêmio da academia.

O educador, segundo Rousseau, não é um técnico ou um gerente de competências. As antenas estão ligadas para perceber as grandes questões de seu tempo: o papel das artes e ciências, a origem das desigualdades, a origem das línguas, as formas de governo e a organização da sociedade que emergia. Técnicas pedagógicas, quando existem, estão inseridas nestas questões mais amplas da constituição do ser humano e da sociedade.

> A arte do mestre consiste em nunca deixar que suas observações se entorpeçam sobre minúcias que não se relacionam com nada, mas em aproximá-lo continuamente das

---

[77] ROUSSEAU, J.-J. *Discurso sobre a origem e os fundamentos da desigualdade entre os homens*, p. 244.

grandes relações que um dia deverá conhecer para bem julgar sobre a boa e a má ordem da sociedade civil.[78]

Os saberes da pedagogia necessitam, por isso, de um olhar interdisciplinar, quando não transdisciplinar. Afinal, é a vida e a felicidade humana que estão em jogo, e estas têm muitos lados e dimensões. Os saberes específicos das diferentes áreas não são uma finalidade em si mesma, mas instrumentos para promover o desenvolvimento dessa vida. A pedagogia, sendo uma espécie de lugar de encontro de diferentes saberes, nasce diferente das outras disciplinas. Rousseau, talvez por isso, dirá que a educação é uma arte. E justifica: é quase impossível que tenha êxito porque temos muito pouco controle de todos os fatores que favorecem ou dificultam o processo de aprender e ensinar.

O comportamento do preceptor, de fato, tem mais de artista do que de cientista. Primeiro, ele sonha – literalmente – o seu educando e, mais para o fim do livro, a companheira. Depois vem o paciente processo de deixar emergir as formas, dirigindo e modelando tanto o Emílio quanto a Sofia. Por fim, a criatura adquire vida própria. Emílio e Sofia deverão agora assumir a tarefa de educar a nova geração, com a orientação do preceptor.

Mas é uma arte que não dispensa a razão: Rousseau reclama que os "teóricos" da educação das crianças seguem os mesmos preconceitos e as mesmas máximas, porque "observam mal e refletem ainda pior". Que tipos de competência, então, seriam necessários para conhecer os homens e, respectivamente, o seu processo de formação? Rousseau formula a resposta da seguinte maneira:

> Um grande interesse em conhecê-los, uma grande imparcialidade para julgá-los, um coração suficientemente sensível para compreender as paixões humanas e suficientemente calmo para não experimentá-las.[79]

---

[78] ROUSSEAU, J.-J. *Emílio*, p. 241.

[79] cf. ROUSSEAU, J.-J. *Emílio*, p. 323.

Este tripé – interesse em conhecer o homem, capacidade de julgar e coração sensível para compreender – é a base do currículo de formação de Emílio, o educador da nova sociedade. As três capacidades passam por um longo processo de experimentação e amadurecimento. O interesse vem do confronto com uma variedade de situações às quais Emílio é gradualmente exposto; a imparcialidade de juízo pressupõe conhecimentos que permitem comparar e avaliar, e a sensibilidade vem da constante vigilância para preservar a memória da idade de ouro, o estado de natureza, que invade o presente como saudade.[80]

Em Rousseau, o educador perde o seu lugar cativo de ensinante. Eis a recomendação ao preceptor de Emílio: "Para torná-lo mestre, sede em toda parte aprendiz".[81] O mestre não é mestre porque sabe e ensina, mas porque sabe aprender e com isso ensina. Seu ensino consiste, sobretudo, em propor as questões certas aos educandos e colocar ao seu alcance os meios para aprender.[82] Para isso, faz-se necessária, além do desejo de aprender, a capacidade de se colocar no lugar da criança, de penetrar as suas idéias e de sentir a sua alma. Mestre é quem sabe colocar-se junto com o movimento da vida que aprende, porque gostar de aprender e gostar de viver andam abraçados.

Um projeto de formação humana

Rousseau caminha nos rastros de Comenius ao ver a educação, por um lado, como parte do processo formativo da natureza e, por outro, como uma tarefa da sociedade e suas instituições. Em Comenius, havia dois tipos de metáforas: as orgânicas (a educação requer os mesmos cuidados que o crescimento de uma planta) e as mecânicas (a escola como uma

---

[80] ROUSSEAU, J.-J. *Emílio*, p. 671.

[81] ROUSSEAU, J.-J. *Emílio*, p. 235.

[82] ROUSSEAU, J.-J. *Emílio*, p. 224.

gráfica ou o ser humano como relógio). Em Rousseau, essa tensão continua, e vemos referências ao ser humano como essencialmente alma e coração ou como uma máquina que pensa. Há necessidades e limites da natureza ou da sociedade que balizam o processo formativo. Ao mesmo tempo, este não tem um fim fixo: nem fim como meta única e nem fim como término. Os saberes da teoria pedagógica, portanto, situam-se entre o que pode e deve ser conhecido, porque faz parte das ciências, e o que se projeta a partir das necessidades e dos desejos.

Esse projeto de formação humana tem vários desdobramentos, entre os quais podem ser destacados os seguintes:

A visão utópica: Uma das marcas de Rousseau é o seu pensamento utópico. Se existe desigualdade, não é por fatalidade ou por força de algum destino. Se as artes e as ciências são instrumentos de alienação e infortúnio, não há nenhuma lei que as impeça de servirem objetivos diferentes. A utopia de Rousseau, vimos antes, se funda na inconformidade de tomar as coisas tais quais se apresentam como critério e medida para projetar o futuro.

O contrato social deveria ser um instrumento para garantir um outro tipo de organização da sociedade. Rousseau não nos contempla com uma compreensão fechada de utopia, um mundo ideal a ser conquistado por qualquer meio. Esse ideal existe somo sombra num passado muito remoto e deve servir como fonte inspiradora para desenhar os contornos do futuro. O fato de a visão utópica estar mais vinculada com a forma de criar a nova sociedade do que com um projeto definido tem um significado especial para a educação. Não se podem separar os meios dos fins, os procedimentos das metas que se pretendem alcançar. Emílio apenas poderá ser livre se tiver experimentado essa liberdade em sua educação.

O contrato social moderno, do qual Rousseau foi um dos principais arquitetos, mostra amplos sinais de esgotamento. Fala-se hoje, por isso, em novo contrato social que contemple as mudanças que vivemos: um contrato que, entre outras coisas, dê conta do local, do nacional e do global; que considere, ao mesmo tempo, a igualdade e as diferenças; que estabeleça uma nova relação com a natureza e que desenvolva novas institucionalidades para a democracia. São questões chaves para debatermos dentro da teoria pedagógica atual, ainda mais quando parece estarmos vivendo numa sociedade que tende a prescindir de contratos.

O educador, no sentido de Rousseau, é alguém que sonha o mundo. Ele conhece profundamente a sua realidade e, a partir desse conhecimento, se lança a propor e a experimentar outras formas de viver junto. Por mais fundamental que seja o contrato para a vivência em sociedade, ele não dá conta de toda a vida, quem sabe até do mais importante. O contrato pode assegurar certa justiça, mas não solidariedade; ele pode promover a igualdade, mas não a compaixão. Já em Rousseau, a educação para o contrato social precisa ser também uma educação para além do contrato. O liame social é questão de leis e instituições, mas é também – e sobretudo – coisa de corações.[83] Rompido o liame que liga os corações, resta apenas o formalismo das leis. E este não se mantém por si mesmo.

A visão utópica, por isso, tem duas fontes igualmente importantes. Por um lado, é a alma humana em busca de sintonia com a natureza e com o próximo. Por outro, é a razão que se instrumentaliza e se capacita para denunciar a perversidade do mundo e para projetar um futuro diferente. Pensar o *habitat* do ser humano é desenvolver as sensibilidades e racionalidades capazes de nomear a realidade e de sonhar alternativas.

Um projeto para o ser humano: Rousseau é criticado por escolher como educando um órfão rico e desprezar as muitas crianças pobres e abandonadas, entre as quais os seus próprios filhos. Mas há nesse processo de escolha algo

---

[83] ROUSSEAU, J.-J. *Do contrato social*, p. 118.

que merece ser realçado. O preceptor literalmente inventa o seu educando. O educando existe primeiro porque é desejado pelo educador. Antes de ser um menino de carne e osso, ele está na cabeça do preceptor como um projeto.

Isso é possível porque Rousseau é um atento observador das crianças. Em *Os devaneios de um caminhante solitário*[84], ele comenta que, se fez algum progresso no conhecimento do coração humano, foi o prazer que tinha de ver e observar as crianças que lhe proporcionou esse conhecimento. Seria um absurdo, diz ele, se a Heloísa ou o Emílio fossem a obra de alguém que não ama as crianças. Amor e competência técnica não se excluem. Se vamos por Rousseau, diríamos que um projeto de ser humano é gerado primeiro como um gesto de amor. A competência é uma decorrência natural.

Um critério da boa educação é a capacidade do educando de saborear a vida. É a vida antes da morte que importa. Rousseau denunciava que os homens eram a mercadoria mais barata. Com a mundialização do mercado competitivo, essa observação apenas se confirma. Por isso, quando se afirma, hoje, que somos "orgulhosamente filhos de Rousseau", a intenção é de preservar a dimensão formativa do humano em contraposição ao treinamento para a performance nesse mercado.[85]

A criança na criança: Em Rousseau, entrevemos muitas lições da moderna psicologia do desenvolvimento humano. Os estágios de Piaget, a zona de desenvolvimento proximal de Vygotski, as fases de Freud e de Erikson estão embrionariamente presentes no *Emílio* e em outras obras.

---

[84] Cf. ROUSSEAU, J.-J. *Os devaneios do caminhante solitário,* p. 119.

[85] Cf. MAGALHÃES, A.; STOER, S. *Orgulhosamente filhos de Rousseau.* "O ataque aos filhos de Rousseau parece girar em torno de três eixos fundamentais: 1. O rousseauianismo e o desenvolvimento da pedagogia enquanto ciência da educação; 2. O conceito de comunidade educativa; 3. A qualificação-desqualificação dos professores e a crise da pedagogia." (p. 10).

Conhecer a linguagem, conhecer as paixões, os movimentos do corpo, enfim, conhecer a alma humana em cada etapa da vida é um saber essencial para a teoria pedagógica. Não fazendo isso, dizia Rousseau, corre-se o risco de ter crianças doutoras e velhos crianças. Ele sabe da novidade que está propondo: "É aqui que julgo seguir uma estrada nova e segura para tornar ao mesmo tempo uma criança livre, tranqüila, afetuosa, dócil e isso de um modo muito simples, o de convencê-la de que é apenas uma criança".[86]

Deixar a criança ser criança implica ter tempo. Rousseau, junto com uma educação útil, advoga um processo pedagógico no qual se tenha coragem de perder tempo. Tudo o que se ensina com o fim de ganhar tempo acaba, num efeito bumerangue, voltando-se contra o desenvolvimento da vontade e da capacidade de aprender. Sendo cada idade um valor em si mesmo e não sendo a educação restrita a um só estágio da vida, não há por que violentar a natureza com pressa de chegar quem sabe onde.

A paidéia moderna

Na nova sociedade, a educação das crianças deverá ser uma responsabilidade pública. Emílio e Sofia são preparados para serem os primeiros e mais importantes educadores de seus filhos. Júlia e Wolmar discutem longamente sobre a educação de sua prole. Mas ambos os casais desempenham essa tarefa como integrantes de um povo, dentro do círculo da vontade geral. Eles são os representantes da sociedade nessa primeira e decisiva educação. Posteriormente, outras pessoas e agências completarão a tarefa.

Um dado importante é que a tarefa não é posta simplesmente aos governantes com a admoestação de que criem escolas. Isso já tinha sido feito pela Reforma Protestante, por sinal com bons resultados em termos de instrução

---

[86] ROUSSEAU, J.-J. *Júlia*, p. 492.

básica. Em Rousseau, a sociedade como um todo se torna um contexto pedagógico. O contrato social não tem condições de vigorar se não houver cidadãos preparados, capazes de sentir com o outro, de julgar e de agir com autonomia. É a expressão de uma nova paidéia – a paidéia moderna.

Rousseau posiciona-se a favor de uma escola igual para todos. Em suas considerações sobre o governo da Polônia, ao tratar da educação, ele inicia reforçando o papel da mãe como a grande formadora do republicano. "Todo verdadeiro republicano sugou com o leite de sua mãe o amor de sua pátria, isto é, das leis e da liberdade".[87] Em seguida, ele critica a distinção entre colégios e academias, que proporcionam uma educação diferente para ricos e pobres. "Todos, sendo iguais pela constituição do estado, devem ser educados juntos e da mesma maneira, e se não se pode estabelecer uma educação pública totalmente gratuita, é preciso ao menos oferecê-la a um preço que os pobres podem pagar."[88] Sugere que o estado ofereça bolsas no intuito de possibilitar o acesso de todos à educação pública.

Ao mesmo tempo, enquanto participa da defesa da universalização da educação escolar, Rousseau critica a escola e aponta em duas direções. Primeiro, para o indivíduo que corre o risco de se perder na massa. A democracia requer pessoas que saibam pensar por si, a nova economia exige pessoas criativas e empreendedoras, a família nuclear não pode prescindir do afeto. Em segundo lugar, para a ampliação do leque das agências educativas. Rousseau reforça o papel pedagógico da comunidade, exemplificado mais tarde por Pestalozzi no romance *Leonardo e Gertrudes*. Ali, a mãe homenageada por Rousseau no *Emílio* se torna a educadora por excelência – heróica e salvadora – de toda uma comunidade à beira da perdição.

---

[87] ROUSSEAU, J.-J. *Considerações sobre o Governo da Polônia e sua reforma projetada*, p. 36.

[88] ROUSSEAU, J.-J. *Considerações sobre o Governo da Polônia e sua reforma projetada*, p. 36.

Um dos desafios da teoria pedagógica atual talvez seja recuperar a possibilidade de se pensar uma paidéia para este nosso tempo de transição. Isso implica perguntar pelos espaços e pelos tempos da formação, pelos seus agentes, pela responsabilidade da tarefa formadora. A mãe preconizada por Rousseau não é a mãe de hoje, assim como não o são a escola, a igreja, o Estado e outras instituições. A volta a Rousseau parece, sobretudo, oportuna quando um amplo movimento pedagógico procura reinventar a comunidade educadora. Nele, parece que podemos encontrar algumas chaves para formular as perguntas capazes de gerar propostas e ações de que necessitamos hoje.

ROUSSEAU E A
EDUCAÇÃO LATINO-AMERICANA

A intenção, neste capítulo final, é de apontar alguns lugares onde as idéias de Rousseau estiveram presentes na história e na educação na América Latina. Um estudo da recepção dessas idéias, nos vários campos, ainda é uma tarefa a ser realizada, e não se poderia ter tal pretensão neste trabalho. Proponho-me a apenas apresentar algumas repercussões das idéias de Rousseau do lado de cá do Atlântico e, junto com isso, aproximar as reflexões até aqui realizadas mais diretamente de nossa realidade pedagógica.

Rousseau e o espírito de emancipação na América Latina

Não é de estranhar que Rousseau tenha encontrado eco nos movimentos de independência na América Latina e suas idéias estejam, desde o início, no "fogo cruzado". Embora haja pontos de vista diferentes sobre o grau e o tipo de influência das suas idéias nas lutas de emancipação, parece haver um consenso quanto à sua presença. O livro de Boleslao Lewin, *Rousseau en la independencia de Latinoamerica*, contém uma rica documentação sobre o assunto e servirá de fonte para alguns destaques a respeito desse envolvimento.

Um dado significativo para se compreender o clima político da época é a proibição da obra de Rousseau pela

Inquisição, conforme é afirmado em documento de 27 de agosto de 1808. O documento exige a fidelidade de todos os vassalos para com os monarcas católicos e admoesta que ninguém se desvie do princípio fundamental para a felicidade, qual seja, que o rei recebe a sua autoridade de Deus. E continua:

> Para a mais exata observância destes católicos princípios reproduzimos a proibição de todos e quaisquer livros e papéis e de qualquer doutrina que exerça influência e coopere de qualquer modo à independência e insubordinação às legítimas potestades, seja renovando a heresia manifesta na soberania do povo, segundo o dogmatizou Rousseau em seu Contrato Social e ensinaram outros filósofos.[89]

O fato de o Santo Ofício da Inquisição ter que vir a público, reafirmando o poder do rei como direito divino e denunciando a heresia da soberania do povo, com menção explícita do *Contrato social* de Rousseau, é, em si, prova de que as suas idéias circulavam em alguns meios causando apreensões e mal-estar à medida que alimentavam sonhos de liberdade. Num discurso na Constituinte da Bolívia, em 1826, o *Contrato Social* serviu para defender o lugar dos indígenas:

> A questão do pacto social não é outra coisa que o desejo de felicidade, em função do que os homens consentiram em formar uma força pública, que os defenda a todos, e em nomear magistrados para que garantam seus direitos: de sorte que os indígenas não participam de todos os bens da sociedade, o pacto com respeito a eles será nulo e de nenhum valor. Outrossim, se tem sancionado que a soberania reside no povo e este povo é composto por todos os bolivianos, sendo que são indígenas pelo menos dois terços destes.[90]

---

[89] *Apud* LEWIN, B. *Rousseau en La Independencia de Latinoamerica,* p. 145.

[90] *Apud* LEWIN, B. *Rousseau en La Independencia de Latinoamerica,* p. 124.

Sabe-se, também, que Simon Bolívar (1783-1830) havia lido Montesquieu, Rousseau e outros pensadores da época.[91] Estudos revelam, ao mesmo tempo, falta de clareza quanto ao papel e ao tipo de Estado que os libertadores pensavam em implantar e qual o real papel que o povo deveria desempenhar em suas novas pátrias. Conforme uma citação do próprio Bolívar:

> O sistema federal, embora seja mais perfeito e o mais capaz de proporcionar a felicidade humana em sociedades, é, não obstante, o mais oposto aos interesses de nossos nascentes Estados. Falando em geral, nossos cidadãos ainda não estão com aptidão de exercer por si mesmos, e amplamente, os seus direitos, porque carecem das virtudes políticas que caracterizam o verdadeiro republicano; virtudes que não se adquirem de governos absolutos, onde se desconhecem os direitos e os deveres dos cidadãos.[92]

Ou seja, a mesma idéia de imaturidade do povo para o exercício da cidadania, que depois foi usada por várias gerações de ditadores e continua presente na ação política de muitos governantes.

Também essa contradição pode ser um eco do pensamento de Rousseau. No *Contrato social*, ao mesmo tempo em que visualiza como sociedade ideal aquela em que os cidadãos discutem e decidem as suas questões à sombra de uma árvore, Rousseau manifesta desconfiança em relação ao povo, ao menos nas condições em que se encontra. Conclui que "se existisse um povo de deuses, governar-se-ia democraticamente. Governo tão perfeito não

---

[91] É interessante notar que, de 1789 a 1800, não houve nenhuma edição em português ou espanhol das obras de Rousseau. Destacam-se Paris e Genebra, com edições também na Holanda, Alemanha e Inglaterra.

[92] Apud WERTZ, G. Pensamiento sociopolítico moderno em America Latina, p. 39. Citado de *Proclamas y discursos del Libertador*, Caracas, 1939.

convém aos homens."[93] São os limites do seu princípio de tomar os homens como são e as leis como podem ser.

Além disso, deve ser levado em conta que a formação dos estados nacionais na América Latina se deu de maneira muito distinta dos países onde surgiu a discussão do contrato social com Hobbes, Locke e Rousseau. Nesses países, a experiência feudal favoreceu a concepção contratualista do poder político por haver originado uma multiplicidade de centros de poder. Na América Latina, de modo distinto, era comum um poder centralizado em uma autoridade patriarcal forte. Que tipo de contrato, por exemplo, poderia haver entre um senhor e seus escravos fora do raio da dominação e submissão? Ou dos invasores com os povos originários, se até era colocada em dúvida sua condição de humanos? Reflexo disso é a precária educação pública na época da emancipação; no caso do Brasil, praticamente inexistente. Pelo contrário, havia o interesse da corte em evitar o alastramento dos ideais iluministas em seu domínio.

Na história do Brasil, dois fatos da época em que Rousseau escrevia seus livros são importantes. Um deles é a expulsão dos jesuítas em 1759 pelo Marquês de Pombal, e outro é a Inconfidência Mineira, sob liderança de Tiradentes (morto em 21 de abril de 1792). O primeiro tem a ver com a passagem da responsabilidade pela educação para as mãos do Estado, como um dever e um direito público, e o segundo, com a busca de alternativas políticas que favorecessem a liberdade. Em ambos se sentem pulsar as idéias revolucionárias de Rousseau, que, por essa época, muitos estudantes da elite brasileira absorviam nas universidades de Portugal e da França.

No início do século XIX, no mesmo período em que a Inquisição condena Rousseau, surgem, em vários países da América Latina, catecismos de educação cívica que propõem publicamente novas formas de organização política. Defendem o governo republicano e democrático como o melhor porque é o povo que manda através de seus representantes; "é o único que conserva a dignidade e majestade do

---

[93] ROUSSEAU, J.-J. *Do contrato social*, p. 86.

povo, o que mais aproxima e o que menos separa os homens de sua primitiva igualdade na qual o Deus onipotente os criou."[94] Em diferentes graus e formas, o clima do mundo de Rousseau é também o clima de nosso mundo, mesmo que, como vimos em passagens anteriores, fôssemos o outro lado deste mundo, o Sexta-Feira do Robinson Crusoé.

Onde está Rousseau hoje?

Há alguns consensos que não precisam ser repetidos. A literatura pedagógica, também a latino-americana, é unânime em associar Rousseau com a educação infantil, com o deslocamento do eixo da relação professor-aluno para o pólo do aluno e do eixo ensinar-aprender para o pólo do aprender. São temas que estão no centro de uma revolução pedagógica que ainda não terminou e que talvez nunca termine porque formula perguntas que continuaremos fazendo enquanto fizermos educação. Mas isso não é tudo. Diria que são os lugares mais evidentes da apropriação das idéias de Rousseau e que, por isso, não precisam ser retomados no fechamento do livro. Pensei em fazer um ensaio no sentido de "ler" Rousseau em alguns dos traços da recente pedagogia latino-americana, que identifico a seguir.

Uma educação inconforme: Um traço marcante da pedagogia latino-americana é a sua inconformidade, o seu caráter instituinte. Nas últimas décadas, esse traço se fez presente de maneira especial na educação popular, uma prática pedagógica que é, por natureza, uma educação iconoclasta e que se realiza, de preferência, nas margens do instituído.

Essa pedagogia bebe de fontes autóctones, mas também se insere numa vertente que tem em Rousseau uma

---

[94] Apud WEINBERG, G. *Modelos educativos en la história de América Latina*, p. 106. Citado do *Catecismo público para la instrucción de los neófitos o recién convertidos al gremio de la Sociedad Patriótica* (Buenos Aires, 1811). Na obra referida, há outros exemplos com conteúdo semelhante.

COLEÇÃO "PENSADORES & EDUCAÇÃO"

fonte importante. Este, como vimos, não faz uma pedagogia adaptada ou domesticada. Ele sonha outra sociedade e outra educação e põe "mãos à pluma" para criá-la. Retrospectivamente podemos, hoje, identificar muitos pontos frágeis e muitos enganos em seu projeto de sociedade e de formação. Mas ele ousou, no seu tempo, criar um não-lugar (uma utopia) de onde fazer a sua pedagogia. O problema está em tentar transformar esse não-lugar, novamente, em morada segura e perene. Essa educação peregrina, que cruza fronteiras geográficas e simbólicas, é herdeira de Rousseau.

Em nossa história da educação, é quase impossível não estabelecer conexões entre Rousseau e nomes importantes da pedagogia latino-americana, como José Martí e Paulo Freire. Uma frase como esta, de Martí, poderia ser de Rousseau:

> A cruzada que se deve empreender agora é para revelar aos homens sua própria natureza e para lhes dar, com o conhecimento da ciência simples e prática, a independência pessoal, que fortalece a bondade e fomenta o decoro, e o orgulho de ser criatura amável e matéria viva do magno universo.[95]

Temas como a crença numa natureza boa, o valor da educação útil e prática, a independência pessoal, a fé na bondade da pessoa e a pessoa como parte de um sistema vivo e vibrante são bem conhecidos de Rousseau. Sem falar na veemência com que Martí denuncia a perpetuação de sociedades de togas e de alpargatas.

A aproximação com Paulo Freire é ainda mais evidente.[96] O último livro deste educador brasileiro teve o título – estranho e extemporâneo para alguns – de *Pedagogia da autonomia*. Como falar de autonomia numa época em que se acredita antes no fim da história, das utopias, das ideologias e dos sujeitos? O que Paulo Freire faz é ressignificar a idéia de autonomia dentro de uma visão pós-moderna da

---

[95] MARTI, J. *Nossa América*, p. 84.

[96] Cf. PITANO, S. C. *Educação e Política em J.-J. Rousseau e Paulo Freire*, 2004. Veja também VOLPE, G.D. *Rousseau e Marx: a liberdade igualitária*.

própria modernidade. Isso fica bem expresso, por exemplo, nesta frase:

> Só, na verdade, quem pensa certo, mesmo que, às vezes, pense errado, é quem pode ensinar a pensar certo. E uma das condições necessárias a pensar certo é não estarmos demasiado certos de nossas certezas.[97]

Ou seja, há um sujeito que pensa e, mais do que isso, procura pensar certo, mas faz isso a partir de verdades provisórias.

Essa educação inconforme pode estar em toda parte, mas é nas margens que ela parece ter o seu *habitat* original, porque é a partir das necessidades concretas que a sociedade se reinventa. Os nobres e o clero queimaram os livros de Rousseau porque sentiram a ameaça que o cidadão Emílio e a cidadã Sofia, bem educados, poderiam representar para o regime de privilégios que os sustentava. Martí foi morto em combate pela emancipação de Cuba e se transformou no grande inspirador da Revolução Cubana. Paulo Freire foi forçado a um exílio de 15 anos, em que, paradoxalmente, suas idéias encontraram muito chão fértil nos movimentos de libertação que se espalhavam pelo mundo.

Outros sujeitos pedagógicos: O panorama educacional revela hoje uma enorme complexidade. Ao colocar Emílio como o educador do próprio Rousseau, abrem-se as portas para outras compreensões do sujeito educativo. Por exemplo, Marx poderá dizer, mais tarde, que quem deverá educar o educador é uma classe social, o proletariado. Hoje, talvez pudéssemos ver este sujeito não num lugar fixo, mas imbricado no próprio movimento da sociedade.

O Fórum Social Mundial, junto com muitos outros a que deu origem – entre os quais o de educação –, pode ser visto como uma manifestação dessa sociedade em movimento. Juntamente com a tendência de a sociedade funcionar

---

[97] FREIRE, P. *Pedagogia da autonomia*, p. 30.

em rede, verifica-se o enfraquecimento de movimentos sociais clássicos, aos quais se devem grandes conquistas políticas da modernidade, como a proclamação dos direitos universais, o voto universal e igualitário, o fim da escravidão, a escola pública universal, para citar algumas. A *sociedade de movimento* se conforma, sobretudo, através das manifestações de múltiplas questões específicas.[98] Ao contrário dos tradicionais movimentos sociais dedicados a uma grande causa, temos, hoje, alianças pontuais que utilizam o protesto como sua principal arma.

O fórum tem o papel fundamental de trazer para um mesmo palco de discussão as experiências locais e as reflexões num nível macro. Nesse sentido, ele é diferente de congressos acadêmicos em pelo menos dois sentidos importantes. Uma vez, por reunir no mesmo espaço pesquisadores de diferentes áreas. Há mesas e sessões específicas, com pautas determinadas pela área, mas há também amplo espaço de interação. Mais importante do que isso, no entanto, é que o mesmo acadêmico que precisa pensar interdisciplinarmente (ou, se possível, transdisciplinarmente) se vê ao lado do ativista em movimentos sociais ou de artistas que se expressam com outras linguagens.

Estou sugerindo que experiências como a do Fórum Social Mundial são lugares de encontro dos sujeitos pedagógicos que, hoje, colocam o desafio de pensar uma outra educação dentro de um outro mundo. Há, nessa sociedade em movimento, pouco espaço para heroísmos. As esperanças podem ser menores porque estão espalhadas em muitos grupos e movimentos, mas juntas elas sinalizam a possibilidade de uma nova ágora, de um outro espaço de deliberação e decisão democrática.

Rousseau está ali onde se descobrem e se inventam novos Emílios e novas Júlias que nos eduquem, educado-

---

[98] Cf. RUCHT, D. *Sociedade como projeto – projetos na sociedade.*
[99] Cf. DUSSEL, E. *Ética da libertação na idade de globalização e exclusão.*

res e pesquisadores. Quem sabe, desta vez, queiramos que nosso educador seja o Sexta-Feira e não o Robinson. Como diria Enrique Dussel[99], o anti-Emílio da pedagogia freireana; não o herói solitário, mas uma subjetividade construída pela intersubjetividade da comunidade das vítimas de uma sociedade não menos perversa que no tempo de Rousseau.

Outras racionalidades: Do meio das luzes, Rousseau faz da própria razão e suas razões um tema de debate. Ele combate o mito de que a razão precisa ser fria, sem alma e sem corpo. Esse tipo de razão, se existe, é capenga porque lhe falta uma das pernas. Ele coloca essas belas palavras na carta de Milorde Eduardo:

> Um coração íntegro é, confesso-o, o porta-voz da verdade, aquele que nada sentiu nada sabe aprender, apenas flutua de erro em erro, apenas adquire em vão saber e estéreis conhecimentos porque a verdadeira relação das coisas com o homem, que é a sua principal ciência, permanece sempre escondida para ele. Mas não estudar também as relações que têm as coisas entre si, para melhor julgar aquelas que têm conosco, significa limitar-se à primeira metade da ciência.[100]

Voltamos, hoje, a valorizar a primeira metade da ciência. A reação dos alunos mostra que a escola não é um lugar tão mais desejado do que no tempo de Rousseau e que Pestalozzi, nos passos de Rousseau, viria a denunciá-la como máquina de torturar os corpos e asfixiar as mentes das crianças. De solução para os problemas da sociedade, a escola tende a se tornar, cada vez mais, parte de seus problemas, quando não origem, como alguns críticos querem. São racionalidades (e sentimentalidades) que resistem a ser aprisionadas e padronizadas. Diria que Rousseau está presente quando e onde se procura ver o aprender como a grande possibilidade de nos tornarmos humanos, em toda

---

[100] ROUSSEAU, J.-J. *Júlia*, p. 454.

a sua amplitude e radicalidade. E isso está para muito além do que se procura fazer da escola de hoje.

Se as racionalidades são distintas entre as pessoas e culturas, elas também o são na própria pessoa. Um dos fascínios do Emílio está na ousadia de imaginar a educação de uma pessoa, em todas as áreas, do nascimento aos 20 anos de idade. Aos nossos olhos acostumados à segmentação da vida, isso parece impossível. Entendemo-nos como professores de educação infantil, ou de geografia. Pesquisamos sobre juventude ou sobre gênero. Rousseau nos desafia a ver a criança na criança e o homem no homem, mas também o homem na criança e a criança no homem. A felicidade é construída no hoje, mas ela tem como referência a vida toda.

> A juventude é o momento de estudar a sabedoria; a velhice é o momento de praticá-la. A experiência instrui sempre, confesso-o; mas somente é útil para o espaço de tempo que se tem diante de si. É no momento em que é preciso morrer que se deve aprender como se deveria ter vivido?[101]

---

[101] ROUSSEAU, J.-J. *Os devaneios do caminhante solitário*, p. 41.

CRONOLOGIA DE ROUSSEAU

1712 – Jean-Jacques Rousseau nasce em Genebra, no dia 28 de junho.

1719 – É publicado o *Robison Crusoé* de Daniel Defoe, livro básico para a educação de Emílio.

1722 – Rousseau passa a estudar na casa do ministro Lambercier, em Bossey.

1728 – Rousseau foge de Genebra, encontra a Sra. De Warens e converte-se ao catolicismo, em Turim.

1740 – Torna-se preceptor dos filhos de Madame de Mably, em Lyon, sem grande sucesso.

1742 – Chega a Paris, onde se torna observador e participante da intensa vida cultural dessa metrópole. Compõe peças musicais e, para sustentar-se, copia música. Na Enciclopédia, colabora com o verbete sobre música.

1743 – É nomeado secretário do embaixador francês em Veneza.

1744 – Regressa a Paris, onde se une a Thérèse Levasseur, com a qual passará toda a vida e terá cinco filhos, todos eles entregues à casa de enjeitados.

1750 – Ganha o prêmio da Academia de Dijon com seu *Discurso sobre as ciências e as artes*. O discurso é publicado no mesmo ano.

1754 – Rousseau visita Genebra e volta ao protestantismo.

1755 – Rousseau publica o *Discurso sobre a origem da desigualdade* e o artigo S*obre a economia política* na Enciclopédia.

1756 –Passa a morar no Ermitage e começa a escrever o romance *A Nova Heloísa.*

1758 – Publica *Carta a D'Alambert* sobre os espetáculos.

1760 – Publica *Júlia ou a Nova Heloísa*, que obtém grande sucesso.

1762 – *Contrato Social* e *Emílio* são publicados e *Emílio* é queimado. Rousseau é perseguido, refugiando-se em Neuchâtel.

1764 – Publica *Cartas da Montanha*. Redige um Projeto d e Constituição para a Córsega e inicia a redação de *Confissões.*

1765 –É obrigado a deixar Neuchâtel e refugia-se na Inglaterra, junto a David Hume.

1767 –Volta à França e passa a usar o nome de Jean Joseph Renou (até 1770). Publica o *Dicionário da Música.*

1768 –Casa-se com Thérèse Levasseur.

1771 – Termina suas *Confissões* e realiza leituras públicas até que estas sejam proibidas.

Escreve as *Considerações sobre o governo da Polônia.*

1772 – Começa a escrever os *Diálogos – Rousseau, juiz de Jean-Jacques.*

1776 – Começa a escrever os *Devaneios de um caminhante solitário.*

1778 – Falece em 2 de julho e é enterrado na Ilha dos Choupos, em Ermenonville. Durante a Revolução Francesa, seus restos mortais são colocados no Panteão.

Sites de interesse[102]

http://www.culturabrasil.pro.br/rousseau.htm

O *site* apresenta uma biografia, baseada principalmente nas *Confissões*, e um resumo de seu pensamento nas áreas da pedagogia, teoria política, religião e ciências e artes.

http://www.centrorefeducacional.com.br/rousseau.html

O Centro de Referência Educacional faz uma síntese de aspectos da vida e obra de clássicos, entre os quais Rousseau. *Site* importante para localizar a obra de Rousseau entre a de outros teóricos da educação.

http://consciencia.org/moderna/rousseau.shtml

Além da apresentação de dados da vida de Rousseau, há breve referência aos livros por ele escritos, com destaque para o *Contrato Social*, do qual é apresentado um resumo.

http://www.educ.fc.ul.pt/docentes/opombo/investigacao/conviteleitura.htm

Olga Pombo descreve várias facetas de Rousseau: um Rousseau político, antropólogo, pedagogo, músico, botanista, ecologista, marginal, *"escrivan"* e, por fim, o filósofo Rousseau. A autora ainda apresenta um Rousseau feminino, descrevendo a maneira como ele via e tratava as mulheres. Ao

---

[102] A pesquisa dos *sites* contou com a colaboração de Marília Kley (bolsista de Iniciação Científica – FAPERGS).

final, há indicação de outros *sites* que podem ser visitados, além de belas ilustrações.

http://intervox.nce.ufrj.br/~elizabet/emilio.htm
Resumo do livro *Emílio ou Da Educação*.

http://www.ipv.pt/millenium/pce6_mjf.htm
É feita uma abordagem filosófica da educação. Rousseau recebe um destaque, sendo suas idéias sobre educação apresentadas junto com as de outros pensadores filosóficos.

http://www.c18.rutgers.edu/biblio/rousseau.html
Apresenta uma bibliografia selecionada das obras de e sobre Rousseau. Destaque para Rousseau e as artes, seu pensamento político e aspectos feministas. Em inglês.

http://www.wabash.edu/rousseau
Site da "Rousseau Association", com importantes informações sobre a vida e obra de Rousseau, além de trechos de músicas compostas por ele e imagens da época.

REFERÊNCIAS

ARIÈS, Philippe; DUBY, Georges (coleção dirigida). *História da vida privada - da Renascença ao século das Luzes*. São Paulo: Companhia das Letras, 1997.

BADINTER, Elisabeth. *Um amor conquistado: o mito do amor materno*. Rio de Janeiro: Nova Fronteira, 1989.

BOTO, Carlota. *A escola do homem novo*. São Paulo: UNESP, 1996.

DUSSEL, Enrique. *Ética da libertação na idade da globalização e da exclusão*. Petrópolis: Vozes, 2000.

FREIRE, Paulo. *Pedagogia da autonomia: saberes necessários à prática educativa*. São Paulo: Paz e Terra, 1996.

FUKUYAMA, Francis. *Our posthuman future: consequences of the biothechnology revolution*. Nova York: FSG, 2002.

GADOTTI, Moacir. *Os mestres de Rousseau*. São Paulo: Cortez, 2004.

HENTING, Hartmut von. *Rousseau oder Die wohlgeordnete Freiheit*. Muenchen: C.H.Beck Verlag, 2003.

KRISCHKE, Paulo J. (org.) *O contrato social ontem e hoje*. São Paulo: Cortez, 1993.

LEWIN, Boleslao. *Rousseau en la independencia de latinoamerica*. Buenos Aires: Depalma, 1980.

MAGALHÃES, Antonio M.; STOER, Stephen R. *Orgulhosamente filhos de Rousseau*. Porto: Profedições, 1998.

MARTÍ, José. *Nossa América*. São Paulo: Hucitec, 1983.

PETER, Gay. *John Loche on education*. New York: Columbia University, 1971.

ROUSSEAU, Jean-Jacques. *As confissões*. Rio de Janeiro: Edições de Ouro, v. 1, 1965.

ROUSSEAU, Jean-Jacques. *As confissões*. Rio de Janeiro: Edições de Ouro, v. 2, 1965.

ROUSSEAU, Jean-Jacques. *Considerações sobre o governo da Polônia e sua reforma projetada*. São Paulo: Brasiliense, 1982.

ROUSSEAU, Jean-Jacques. *Do contrato social; Ensaio sobre a origem das línguas; Discurso sobre a origem e os fundamentos da desigualdade entre os homens; Discurso sobre as ciências e as artes.* São Paulo: Abril Cultural, 1983. (Os Pensadores)

ROUSSEAU, Jean-Jacques. *Emílio ou Da educação.* São Paulo: Martins Fontes, 1995.

ROUSSEAU, Jean-Jacques. *Emile e Sophie ou os solitários.* Porto Alegre: Paraula, 1994.

ROUSSEAU, Jean-Jacques. *Júlia ou a Nova Heloísa.* São Paulo: Hucitec, 1994.

ROUSSEAU, Jean-Jacques. *Os devaneios do caminhante solitário.* Brasília: Editora Universidade de Brasília, 1995.

PITANO, Sandro de Castro. *Educação e política em J.-J. Rousseau e Paulo Freire.* Pelotas: Seiva, 2004.

RUCHT, Diether. *Sociedade como projeto – projetos na sociedade: sobre o papel dos movimentos sociais.* Civitas. Porto Alegre: Edipucs. ano 1, n.1, jun.2001. p .13-28.

SCHAFFRATH, Marlene dos Anjos Silva. *Profissionalização do magistério feminino: uma história de emancipação e preconceito.* Disponível em: <www.anped.org.br/23/textos/0217t.PDF>

STAROBINSKI, Jean. *Jean-Jacques Rousseau: a transparência e o obstáculo.* São Paulo: Cia. das Letras, 1991.

SUCHODOLSKI, Bogdan. *A pedagogia e as grandes correntes filosóficas: a pedagogia de essência e a pedagogia da existência.* 3. ed. Lisboa: Horizonte, 1984.

ULCHÔA, Joel Pimentel de. *Rousseau e a utopia da soberania popular.* Goiânia: UFG, 1996.

TAHON, Marie Blanche. O "bom" pai e o "bom" cidadão a partir do Émile de Rousseau. *Margem*/Faculdade de Ciências Sociais da Pontifícia Universidade Católica de São Paulo/Fapesp. - N. 9 (mai. 1999) - São Paulo: EDUC, 1992.

VOLPE, Galvano Della. *Rousseau e Marx: a liberdade igualitária.* Lisboa: Edições 70, 1973.

WEINBERG, Gregorio. *Modelos educativos em la historia de América Latina.* Buenos Aires: AZ, 1995.

WERTZ, Nikolaus. *Pensamiento sociopolítico moderno en América Latina.* Caracas: Nueva Socieded, 1995.

O AUTOR

Danilo R. Streck é professor e pesquisador do Programa de Pós-Graduação em Educação da UNISINOS (Universidade do Vale do Rio dos Sinos – RS). Doutorou-se em Educação pela Rutgers University (New Jersey – USA). Realizou estudos de pós-doutorado na Universidade da Califórnia, Los Angeles (UCLA) e atuou como professor visitante no Doutorado Internacional de Educação na Universidade de Siegen (Alemanha) e no Ontário Insttute for Studies in Education (OISE) da Universidade de Toronto (Canadá). Suas pesquisas mais recentes estão focadas nas mediações pedagógicas implícitas e explícitas em movimentos participativos, na América Latina. Autor, entre outros, de *Pedagogia no encontro de tempos: ensaios inspirados em Paulo Freire* (Vozes); *Correntes pedagógicas: uma abordagem interdisciplinar* (Vozes); *Educação para um novo contrato social* (Vozes); organizador de *A educação básica e o básico na educação* (Sulina; Unisinos) e *Educação em nossa América*, textos selecionados de José Martí (Unijuí); co-organizador de *Paulo Freire: ética, utopia e educação* (Vozes) e *Pesquisa Participante: a partilha do saber* (Idéias e Letras).

QUALQUER LIVRO DO NOSSO CATÁLOGO NÃO ENCONTRADO NAS
LIVRARIAS PODE SER PEDIDO POR CARTA, FAX, TELEFONE OU PELA INTERNET.

Rua Aimorés, 981, 8º andar – Funcionários
Belo Horizonte-MG – CEP 30140-071

Tel: (31) 3222 6819
Fax: (31) 3224 6087
Televendas (gratuito): 0800 2831322

vendas@autenticaeditora.com.br
www.autenticaeditora.com.br

ESTE LIVRO FOI COMPOSTO COM TIPOGRAFIA GARAMOND, E IMPRESSO
EM PAPEL OFF-SET 75G. NA FORMATO ARTES GRÁFICAS.
BELO HORIZONTE, ABRIL DE 2008.